道後温泉　湯築屋❽

神様のお宿で誓いの口づけをします

田井ノエル

双葉文庫

神様のお宿で誓いの口づけをします

目次

contents

蛇．黒い影と白い神　005

愛．それぞれの距離　102

友．認めたくなんか　165

終．囁く愛、誓う唇　223

余．幸せになろうよ　243

湯築九十九
ゆづきつくも
道後の温泉旅館『湯築屋』の若女将。
稲荷神白夜命に仕える巫女で妻。
シロ
稲荷神白夜命。
いなりのかみびゃくやのみこと
『湯築屋』のオーナー。
コマ
『湯築屋』の仲居。
狐だが変化が苦手。
道後温泉
8
湯築屋

カランコロン。

古き温泉街に、お宿が一軒ありまして。

傷を癒やす神の湯とされる泉——松山道後。この地の湯には、神の力を癒やす効果があるそうで。

そのお宿、見た目は木造平屋でそれなりに風情もあるが、地味。暖簾には宿の名前である「湯築屋」とだけ。

しかしながら、このお宿。普通の人間は足を踏み入れることができないとか。

でも、暖簾を潜った客は、その意味をきっと理解するのです。

そこに宿泊することができるお客様であるならば。

そう。

このお宿は、神様のためにあるのだから。

蛇．黒い影と白い神

1

カツカツと、踵がアスファルトを叩く。

響く足音は一つだけ。底が厚いブーツのせいか、やけに大きく感じた。

民家から漏れる暖かな光や、街頭に照らされる夜道は、決して暗くはない。だが、昼間の明るさに比べたら心許ないのには違いなかった。

「…………」

種田燈火はピタリと足を止め、一度周囲を確認した。

こっち……見られてる……。

何者かの気配を感じ、燈火は固唾を呑んだ。皮のショルダーバッグを左手でギュッとにぎりしめながら、右手でスマホのライトを点灯させる。

しかし、誰もいない。

たしかに、なにかいたのに。

ざわりと全身が粟立(あわだ)つような視線だった。ねっとりと、絡みつくような悪意。こういうのは、薄(うっす)らと覚えがあった。

これは、よくないものだと思う。

燈火は本能的に危険を察知して、歩調を速めた。

大学で知りあった……いや、友達になった湯築九十九(ゆづきつくも)さんは、神様や妖(あやかし)について、いろいろ教えてくれる。悪いものばかりではない、安心して大丈夫、と。

でも、今、燈火の感じている視線は明らかに違う。九十九の紹介で出会った妖や神様たちとは、決定的に異なると確信した。

根拠はないけど……。

それでも、「大丈夫なもの」を知ったからこそわかる。

燈火に向けられている、この得体の知れない視線は、人を害するものだ。

「う……」

燈火は歩幅を徐々に広げ、やがて走り出す。早く家に帰ってしまいたかった。家が安全という保証はないが、家族の顔を見たら安心するかもしれない。

そんな燈火を、何者かは追ってくる。

足音もしなければ、姿も見えない。

が、たしかに気配がした。

「はあ……はあ……ッ」

日頃の運動不足が祟（たた）っている。厚底の革靴では、あまり長く走れなかった。お洒落（しゃれ）でつけている腰のチェーンや、重いドクロのピアスが邪魔をしてくるようだ。捨ててしまおうかと思ったが、外す時間が惜（お）しい。

どうしよう。

燈火は途方に暮れて、スマホを見おろした。

九十九に電話して、相談しよう。彼女なら、きっとなにか対処法を知っているはず――。

けれども、慌てていたので手が滑ってしまう。ゴッゴッとしたアスファルトの上を、勢いよく燈火のスマホが転がっていった。ストラップも、どこかへ弾け飛んだ。

「あ……」

落としたスマホを追って身を屈（かが）める燈火の視線の先に、白い光が見えた。

浄化されるように真っ白。

新雪を思わせる、純白の着物だった。まるで、結婚式の花嫁みたいな清廉さがある。灰色の髪は長くて、地面についているのに、まったく汚れていない。毛染めのようなムラがなく、ごく自然な色なのが不思議だった。

綺麗……。

惚（ほう）けてしまう燈火を見おろす顔も、また美しかった。白い着物や長い髪は女性的なのに、こちらを向く顔は青年のものだ。灰色の瞳は神秘的なばかりではなく、瞳孔が縦に開いていて、ゾクリとする。

人間じゃない。

九十九に教えてもらった、「神様」の類だと直感した。名前なんてわからないし、どんな相手かも知らない。

ただ、悪い神様ではない、という確信があった。

「た、助けて、くだ、さい……ッ」

燈火はとっさに声をあげる。上手く口が開かなくて、噛み噛みになったが、なんとか言えた。こんなときにまで発揮されるコミュ障がツライ。

白い神様は、黙ったままだ。じっと、燈火を観察している。

む、無言は……キツイなぁ……。

沈黙の状態が続き、燈火は居たたまれなくなってきた。誰かと黙って見つめあうなんて、上級コミュ障にはレベルが高すぎる苦行だ。

なのに、目をそらせなかった。

白い神様の不思議な視線に、吸い込まれていく。

「あ、あの……なんか、その……ボク、追われ……追われてるみたいで……」

あたふたとする燈火のほうへ白い神様が歩み寄ってきた。そして、色素の薄い手を伸ばす。

白いけれど、思ったよりたくましい手。うわー……毛穴が見えない。ツヤツヤ。すごい。

余計な観察をしているうちに、白い神様が燈火の肩に触れた。

その瞬間、身体中に感じていた、まとわりつくような重圧から解き放たれる。ねっとりとした悪意の鎖が千切れ、全身が軽くなっていった。

なにが起こったのか把握できないが、さっきまでの緊張感が消えている。黒い気配をまとった視線も、今はないように思えた。どこか、別のところへ去ったと確信する。

助かった……？

「ありがとう、ござい、ます……」

たぶん、この神様のおかげだ。

燈火はどっと疲れた気がして、地面に座り込んでしまう。

「は、あ……ありがとうございますぅ……」

やっと、すんなりと噛まずにお礼が言えた。

燈火は安堵（あんど）しながら、再び白い神様を見あげる。

「あれ？」

だが、そこには誰もいなくなっていた。

道を照らす街頭が、チカチカと不気味に点滅しているだけ――。

♨　♨　♨

という話を聞かされて、九十九は目をパチパチと瞬(しばた)かせた。

「湯築さん、あの神様の名前……わかる？」

燈火はもじもじとしながら、向かいの席に座っている。

「いや……ちょっとその特徴だけだと、わかんないかも……」

燈火の話は嘘(うそ)ではないと信じている。おそらく、本当に身の危険を感じるような「なにか」に出会い、そして、助けてもらったのだろう。

しかし、九十九の記憶には、燈火の述べる容姿に合致した神様が思い当たらない。

中性的な雰囲気の神様と言えば、シロや火除(ひよ)け地蔵が浮かぶものの……地面につくほど長い灰色の髪や、縦に開いた瞳孔(どうこう)、白い着物……これだけでは特定しにくい。そもそも、人間に見せる姿がコロコロ変わる神様も多かった。

九十九の会ったことがない神様。つまり、湯築屋のお客様ではない。あるいは、九十九が生まれてから、湯築屋を訪れていない神様かも。

「せめて、お名前を聞けたら、うちのお客様かわかるんだけど」

人間の寿命は短い。常連のお客様であっても、一人の従業員が生きている間に、何度も訪れてくれるとは限らなかった。そのため、湯築屋では昔から名簿でお客様の名前が管理されている。

九十九はすべて暗記しているので、名前さえわかれば、湯築屋のお客様か判断できるだろう。

「なにも言わずに消えちゃったんだよね……」

燈火は、シュンと肩をさげて落ち込む。

本当に神様だったのかという問題もある。

燈火に神様や妖の知識を教えているのは九十九だ。燈火は、人ならざる存在を見る力を持つが、たしかではない。善悪の区別もはっきりとつかないだろう。

だからと言って、燈火の勘違いだとも思わない。彼女が身の危険を感じるほどの存在は、おそらくいた。そして、それを退けた「白い神様」も。

燈火の話だけでは、なにも判断できなかった。

「堕神（おちがみ）や、悪さをする妖かもしれないし……燈火ちゃんが心配かも」

燈火を守ってくれたという「白い神様」は、たまたま通りがかっただけかもしれない。次も燈火を助けてくれるとは限らなかった。

誰か一緒にいてあげたほうが、いいかもしれない――。

そのとき、視界の端を白い影が横切った。

古い内装の喫茶店は、道後温泉街のハイカラ通りに面している。開きっぱなしの扉から、一匹の猫が店内に入り込んできたのだ。

ふわふわの白い毛をまとった猫は、堂々とした態度で店内を闊歩する。そして、当たり前のように、ソファ席に飛びのった。前脚をチョンと揃え、顔をあげる姿は可愛らしいが、一種のふてぶてしさも感じる。

「儂を呼んだか」

燈火が口をあんぐりと開けたまま、白い猫を凝視している。なにせ、猫が人語を話したのだ。しかし、おタマ様にも会ったことがあるせいか、混乱して叫ぶなどはしなかった……そういえば、まだ彼女には紹介していない。

「シロ様、いきなり出てきてしゃべらないでください！」

九十九は店の人に見つからないよう、シロのうえにマフラーを被せた。大判のストールにもなるあったかマフラーである。おかげで、白い猫の姿をすっぽりと覆い隠すことができた。

「あはは……燈火ちゃん。これは、その……うちの神様です」

どんな説明の仕方だ。と、自分でも思った。

稲荷神白夜命は、湯築屋のオーナーであり神様だ。元々のルーツを辿ると神様ではなく、神使だけれど……細かい説明は燈火にしなくていいだろう。

　今は猫の姿をしているが、これはただの使い魔である。本体であるシロは、湯築屋の結界から外に出られない。普段はこうやって、使い魔や傀儡（くぐつ）を操って、九十九をストーカー、ではなく、見守ってくれている。

「九十九に呼ばれた気がしたのだが」

「シロ様のことは呼んでませんけど……」

「なに。今の流れは、儂に相談する感じのソレではなかったのか。儂、こうしてスタンバイしておるのだぞ。やる気満々である」

「スタンバイどころか、フライングじゃないですか！」

　マフラーの下で、猫が白い尾をふっている。

　たしかに、誰か見守ってくれたら安心だと思った。だが、パッと最初に思いついたのは、燈火と顔見知りの火除け地蔵や、自宅付近に祀（まつ）られている義農作兵衛（ぎのうさくべえ）などの面々に注意を呼びかけることだ。シロに頼むという選択肢は、九十九の頭にはなかった。

　けれども、言われてみればシロだと都合がいい。使い魔での観察になるが、燈火を一人にする時間が減る。

　選択肢としては最善かもしれない。

「燈火ちゃんをおねがいしても、いいんですか？」

「九十九の頼みだからな」

シロの使い魔は、当然のように顎をあげてふんぞり返った。猫の姿なので可愛らしいが、湯築屋で実物も得意げなポーズをしているのを想像すると、ちょっとばかり憎たらしい。

トントン拍子に決まってしまったが、やや腑に落ちなかった。

シロはとにかく九十九を甘やかすし、独占したがる。こうやって使い魔で見守っているのだって、九十九を大切にしてくれているからだ。なのに、今回はすんなりと燈火の見守りを自分から買って出た。

なにかあるんだろうなぁ……。

真っ先に浮かんだのは、天之御中主神に絡んだ内容だった。あの神様が関わっている問題について、シロは異様に毛嫌いしている——いや、怯えている。

九十九を遠ざけている傾向があった。

しかし、それは今、指摘する事柄ではない。あとで九十九とシロが、ゆっくり話すべき内容である。

「え、えっと……その……どういうこと？」

燈火は、完全に話から置いていかれている。目を瞬かせながら、九十九とシロの使い魔を交互に見据えていた。

「儂が九十九のご主人様である」

「言い方！　シロ様、言い方！　変です！」

誤解を招くような自己紹介をされ、九十九はマフラー越しにシロを押さえた。燈火に話せる範囲で、九十九はシロについての説明をする。

「つまり、その猫……じゃなくて、神様がボクを守ってくれるの？」

「そうしてくれるってさ。他の神様にも、わたし声かけてみるから安心だよ」

「神様がついててくれるなら、うん……安心かも」

ようやく、燈火の顔に安堵の色が浮かんだ。よほど怖かったのだろう。今朝から、燈火はずっと不安そうだった。

「あと、もしかして……」

つけ加えるように、燈火はもじもじと九十九の顔色をうかがう。

「その神様が、えっと……湯築さんの旦那さん……なの……？」

言いながら、燈火は声を小さく窄めていった。顔どころか、耳まで赤い。そして、質問された九十九まで恥ずかしくて、顔が熱くなってきた。

「な、な、なななな、なんで……？」

「だ、だ、だだだだ、だだ、だって、前にお袖さんが……湯築さん、結婚してるって……言ってたよね？」

以前、燈火は八股榎大明神のお袖さんに会っている。そのとき、ポロッとお袖さんが漏らした言葉を気にしていたのだろう。九十九は上手く誤魔化したつもりだったのに、掘り返されて恥ずかしい。

「シ、シロ様、あっち行ってもらえませんか……」

「む。何故(なにゆえ)？　これから、九十九が儂の素晴らしさを語る流れであろう？」

「そ、そ、そんなもの語りませんよ！」

「そんなもの……だと……⁉」

シロがいると気まずすぎる。九十九は退席をうながしたが、シロは居座るつもりだ。

「恥ずかしいから、向こう行ってください。盗み聞きも禁止です――店員さーん！　猫ちゃんが入ってきちゃいました！」

強硬手段として、九十九は喫茶店の店員に声をかけた。

使い魔は普通の動物のふりをしている。九十九の呼びかけで、店員が猫に気がついた。

シロは「ぐぬぬ……」と、うなりながら店内から退散していく。

「で。湯築さん……」

シロがいなくなったところで、急に燈火が前のめりになった。

両手をテーブルにのせ、興味津々の様子だ。思わず、九十九は身体をうしろに引いてしまう。

い、嫌な予感が……。

燈火から好奇心の圧をかけられて、九十九はこの場から逃げたくなった。

「キスとかするの？　その先は？　湯築さん、大人っぽいと思ってたんだよね……！　神様と人って、どこがどう違うの？　ねえ、どんな感じなの？」

すごい勢いで捲し立てられて、九十九は顔を両手で覆った。

や、やっぱり、こういうヤツですか〜！

「と、燈火ちゃん。落ち着いて。ステイ、ステイ」

自分にも言い聞かせるつもりで、九十九は燈火を宥める。

「シロ様とは、そんなんじゃないし……」

視線の先が定まらないまま、九十九はお冷やを一気飲みした。冷たい水が食道から胃に流れ込んでいく感覚は、少しだけ気分を落ち着けてくれる。

「でも、結婚してるんでしょ……？」

「そ、そうだけどぉ……そうなんだけど……うん……キスだけ……」

消えそうな声でつぶやくだけでも、なかなか恥ずかしい。

なのに、燈火は不思議そうに首を傾げた。

「それだけ？」

「そ、それ以上は、ちょ、ちょ、ちょちょちょっと！」

九十九はシロの巫女であり、妻だ。

けれども、それは湯築家の掟であって、結婚にお互いの意思は介在していない。あくまでも、湯築の巫女とシロはビジネスライクな関係なのだ。

だから、九十九にはシロと夫婦という実感が、最近までなかった。祝言は物心つかないうちに挙げたので覚えていない。ずっと、「ちょっとスキンシップの多い同居人」みたいな感覚だったのだ。

それでも、九十九はシロを好きになってしまった。

シロも、九十九を好きになったと言ってくれた。

湯築屋の成り立ちや、シロの秘密も知った。

あれから――まだ一年も経っていない。

九十九にとって、シロとちゃんとした夫婦になったのは、最近の話なのだ。少なくとも、九十九にとっては……。

「それ、両想いになって、もう半年は経つんだよね……？」

「まあ……」

「よくシロ様は我慢できるよね……神様だから？」

燈火の何気ない一言に、九十九は頭を殴られた気がした。

九十九はいつも、シロから逃げてばかりだ。シロが過剰にスキンシップをとろうとしても、理由をつけて逃げている。

九十九はシロを好きになったのに。

他の巫女に嫉妬して、誰よりも一番になりたいと思ったのに。

なのに、肝心なことから逃げていた。

「あ、ごめん……なんかちょっと、言いすぎた……よね？」

九十九が暗い顔をしていたのだろう。燈火は不安そうに目をそらした。

「漫画とか、小説だと、そういうのすごく展開が早かったから……ご、ごめん。ボク、カレシいないし、つい聞いてみたくって……」

「いいよ、燈火ちゃん。怒ってないから」

大学に入るまで、燈火にはあまり友達がいなかったらしい。彼女が対人関係を苦手としているのは、九十九もよく知っていた。だから、怒ったりはしていない。

ただ、考えさせられた。

喫茶店の窓を見るが、シロの姿は見えない。どこかに隠れているのだと思う。

「お待たせしました」

気まずい沈黙が流れた頃合い、店員が注文の品を持ってきた。

黄色い薄焼き卵に包まれた、オムライスだ。最近主流のふわとろオムライスではなく、昔ながらのラグビーボール型である。いかにも「洋食屋さん」といった雰囲気だ。

燈火はオムライスが来た瞬間、鞄から一眼レフのカメラを取り出す。

「一眼レフ、買ったの？」

「うん。バイト代貯まったから……」

はにかみながら、燈火は一眼レフをかまえた。

「これ、すごくいいから撮っておきたい」

燈火はオムライスに手をつける前に、いろんな角度からカメラを向けはじめる。横から、背景が映るようにしたり、真上から撮ったり、様々。そういえば、お店の外観もたくさん撮影していた。

「今どき、こんなレトロなお店も少ないよね。極めつきは、このオムライス。すごく写真映えすると思う」

燈火の言うとおり、この喫茶店は古き良き昭和の時代を思わせる。ノスタルジックで懐かしい雰囲気があった。

ショーウインドウに食品サンプルが並ぶ外観や、タイル張りの壁面など、九十九にとっても映画の中でしか見ない風景だった。

燈火いわく、「こういうのも、映える」ようだ。

「またSNS？」

「うん。これは、たぶんインスタよりツイッター映えしそう」

近ごろ、燈火のSNSはフォロワー数が急増中だった。複数のSNSを使いこなし、そのどれも非常に人気なのだとか。インフルエンサーと呼ぶのだろう。こういうのは、九十九よりも、常連客の天照大神のほうが詳しい気がする。

「ネットだと、みんな……ボクがこんなんだって、知らないから……」

燈火は自信なさげに笑って、カメラを置いた。もう写真は気が済んだらしい。スプーンでオムライスを崩しはじめる。

「あ、でも……この前、一人身バレしちゃって」

「身バレ？」

「えっと、身内……知りあい、かな。アカウントの主が、ボクだってバレちゃったんだよね……」

「それ、大丈夫なの？」

要するに、個人情報がバレたということだ。

燈火は自分の顔を載せないみたいだが、行動範囲などでわかってしまったのだろう。ネットの怖いところだ。

「あ、ううん。心配ないよ……小学校のころの、同級生……」

「お友達？　だったら、大丈夫かな？」

「友達というか、うん……友達かな。たぶん」

歯切れが悪かった。燈火はもじもじとしながら、オムライスをスプーンですくう。恥ずかしがるというよりは、言葉を選んでいるようだ。

「前に、伊予万歳の話はした、よね？　クラスの子から馬鹿にされたって」

「うん」

覚えている。燈火は伝統芸能である伊予万歳を好きで踊っている。だが、クラスメイトから「ダサい」と言われたのをきっかけに、人前で踊りたくなくなっていた。

「謝ってもらったんだ。浜中さん……あ、他学科の子なんだけど……tokaがボクだって知って、あのときのこと、謝ってくれたんだよ……」

tokaは、燈火のアカウント名だ。九十九も一応、フォローしている。

お洒落な写真が多いが、地元の観光案内やPRの側面も強いアカウントだ。九十九と一緒に松山のお店や名所を回るうちに、「自分でも発信したい」と思ってアカウントを開設したと聞いている。

「よかったね！」

「うん」

伊予万歳について、燈火はもう吹っ切れている。しかし、ネットを通じて昔のクラスメイトとも仲よくできたなら、素晴らしいと感じた。

「SNSのおかげだけど……」

「そんなことない。燈火ちゃんが一生懸命だからだよ」

燈火は不器用で自信がないだけで、すごいのだ。少々周りが見えない面もあるが、一途であきらめない心がある。

九十九に褒められて、燈火は照れた様子だった。

嬉(うれ)しそうに笑いながらオムライスを食べる燈火は、九十九にとってはキラキラと輝いて感じる。

もっと、燈火が自信を持てるようになればいい。

そう思った。

2

湯築屋は道後温泉街の一画にある宿屋だ。

外から見ると、木造平屋でなんの変哲もない建物。けれども、門を潜って内側へ入ると、景色が一変する。

晴れていた青空は、藍色に染まった。肌を刺す冬の寒さも、どこかへ消えてしまう。九十九は暑くなってくる前に、マフラーを外した。

ここは、結界によって外界と切り離された空間。

四季が存在せず、気温も基本的に一定である。藍色の空には月も星も見えず、朝陽が昇ることもない。

本来は、なにもない虚無の世界だ。

しかし、湯築屋がある。

九十九の前に、木造三階建ての近代和風建築が現れた。窓には色とりどりの、ぎやまん硝子(ガラス)が嵌(は)まっており、中の明かりがぼんやりと透けている。障子には花札の柄が浮かんでいて風流でもあった。

湯築屋の結界に季節は関係ないけれど、庭には木が植えられ、花も咲いていた。現在は赤いシクラメンが、華やかに景色を彩っている。これらはすべて、幻だ。宿を訪れるお客様が、この湯築屋でも四季を感じられるように、シロが作り出した幻影である。

九十九は美しい幻の庭を横切って、勝手口へと回った。

「ただいまー」

九十九は勝手口から入るなり、グレーのロングコートを脱いだ。さすがに、暑い。庭を歩く間に、ちょっとばかり汗をかいてしまった。いつも春のようにぽかぽか暖かいのも考えものだ。

「おかえり、つーちゃん」

出迎えてくれた声に、九十九はパッと顔をあげる。

「あ！　お母さん！」

湯築登季子(ときこ)。湯築屋の女将(おかみ)でありながら、海外営業を担当している。湯築屋へは、滅多に帰ってこないため、久しぶりの再会であった。

登季子はしっとりとした檜皮色の着物をまとっている。いつも活発な印象の私服が多いのだが、これは湯築屋で働くときの装い……つまり、

「……お母さん。いいえ、女将。またメールを忘れていましたね？」

わざとていねいに問うと、登季子は「あっはっはっ！」と開き直って笑い声をあげた。

いや、笑いごとじゃないんだってば。誤魔化されないんだからね。

「そうかも！」

「それなりに準備するんだから、連絡忘れないでって、いつも言ってるよね!?」

ここまで、通常運行。

登季子は営業先からお客様を湯築屋へ連れ帰るが、たまに……いや、頻繁に事前連絡を忘れてしまうのだ。

と言っても、湯築屋のお客様には予約客が少ない。だいたい飛び込み客なので、やることはあまり変わらなかった。大きな問題はないはずだ……だからこそ、登季子は忘れるのだと思う。

「今回は、どちら様をお連れしたんですか」

「アフロディーテ様さ。今、お部屋でくつろいでいらっしゃるよ」

ギリシャ神話のオリュンポス十二神。愛の女神と称される神様だ。湯築屋の常連客の一

柱で、九十九もよく知っている。いつもは、ペアで宿泊するのだが、お一柱（ひとり）の宿泊とは珍しい。

「だったら、わたしが接客を代わります。帰国したばかりで疲れているでしょうから、女将は休んでいてください」

「そんな気を遣わなくていいんだよ。あたしがやっておくから、つーちゃんこそ、ゆっくりしておいで」

「でも」

九十九は湯築屋の若女将だ。お客様のお世話は、九十九の責任である。

「せっかく、女将のあたしがいるんだよ。この機会に、若女将は休んでいいんじゃないのかい？」

登季子は女将なのに、普段は湯築屋にいない。こういう機会でなければ、若女将に休む時間はないだろう。

実際、登季子の言うとおりだ。けれども、登季子だって、いつも営業している。家に帰ったときくらい休むべきではないか。反論しようと、九十九は前に出た。

「そうだ、そうだ。九十九は儂とイチャイチャして休むべきなのだ」

休息の譲りあいをする親子の間に、割って入る者があった。

どこから、わいて出てきたのやら。いつの間にか、九十九の隣に紫色の着流しが見えた。

絹糸のように滑らかで、サラリとした長い白髪。頭の上では、狐の耳がぴょこりと動き、背後の尻尾がモフリと揺れている。九十九の両肩にのった手は、たくましいけれども美しくて、一見では男とも女とも断定できない艶があった。

「シロ様……ご冗談もほどほどにしてください」

九十九は呆れてため息をつきながら、シロの手をペッペッと払った。その様子を、登季子がクスクスと笑っているので、居心地悪い。

「あたしはお邪魔みたいだし、退散するよ。シロ様もそう言ってることだし、つーちゃんはゆっくりしておいで」

「あ、ちょっと。女将！　お、お母さん！」

さっさと手をふりながら歩いていく登季子を、九十九は追った。上手いこと逃げられてたまるか。

「九十九は、儂と来るのだ」

伸ばした九十九の手を、そっとシロがとった。自然な動作でにぎられて、九十九はどきりとしてしまう。声が裏返り、「ひゃ⁉」などと漏れた。

「来るって、ど、どこです」

いつも通りに受け答えしようとするが、動揺を隠せない。シロのスキンシップなんて、今にはじまった行為ではないのに。

——よくシロ様は我慢できるよね……神様だから？


不意に、燈火の言葉が頭を過った。

九十九はどうして、逃げてしまうのだろう。

だって、九十九はシロが好きで……シロも、こうやって九十九に触れてくれる。誰にも渡したくないと、言ってくれる。一緒にいたいと、抱きしめてくれる。

逃げる理由、ないんだよね。

理解しているし、九十九だって嫌じゃない。

シロに触られるのは嬉しい……気がする。それ以上に、動揺して頭が爆発しそうになるのだ。心臓もバクバクと鳴って、寿命が急速に縮んでいく心地だった。

ただ恥ずかしいだけ？

考えるだけで、クラクラとしてくる。

「むむ。九十九、どうした？」

九十九の様子がおかしいと気づき、シロが顔をのぞき込む。神秘的な琥珀色の瞳が、すぐそこまで迫ってきた。なんでもない動作なのに、それすらも、息を呑むほど美しい。

シロの肩からこぼれ落ちた髪が、九十九の頬に触れた。

「い、いや、そのぉ……」

九十九はシロから目をそらすことができず、しどろもどろと受け答えする。

「様子が変だ」

「い、いつも通りですよ！」

虚勢を張るが、シロは「ふむ」と顎をなでて考えはじめた。

「普段ならば、ここらで一発殴られるのだが」

「ぐ……」

お決まりパターンだった。たしかに、いつもの流れなら、ここでガラ空きになったシロの顎にアッパーを入れる。

「わたしだって、そんなに暴力的じゃ……ないですよ……」

「本調子には見えぬ。どこか具合が悪いのならば、なおさら休んだほうがよいな」

「いや、体調が悪いわけでは……」

「遠慮はよくない」

あれ、これ。割とマトモに心配されているのでは？

普段の九十九が暴力的だと言われたのは癪だが、ちょっと申し訳なくもなる。まったくもって、体調面は良好だし、働く気力も満々なのに。

「へ……⁉」

九十九が戸惑っていると、身体がヒョイと浮きあがる。

シロが九十九を抱きあげていた。お姫様抱っこで。

「な、な、なに、やってるんですか！」

「床へ運んでやろうと思って」

「いいです！　そこまでは、いいです！　結構ですってば！」

「暴れると落ちるぞ」

と、言いながらも、シロの腕は力強く九十九を支えている。

何度も拒もうと、手が出かけるが……そのたびに、燈火から言われたことが気になってしまう。頭の中で、寂しげなシロの顔まで重なってきて、身体からどんどん力が抜けていく。

ふわっと、風が吹き抜ける感覚。

気がつくと、九十九は母屋の私室にいた。すでに布団が敷いてあり、いつでも寝られる状態だ。シロが神気を使って、瞬時に移動したと理解する。

雛鳥を巣へ戻すような手つきで、シロは九十九を布団のうえにおろした。

な、なんか……シロ様、すごく優しい……。

本当に心配されていると実感して、居たたまれなくなる。

「えっと……ありがとうございます……」

九十九は萎むような声で告げる。

するとシロはますます九十九の顔をのぞき込んできた。両手で頬に触れ、まっすぐに見つめてくる。

どんどん顔が近づいてきて、額と額が触れてしまった。

「ふむ……熱はないのに、やはり九十九が変だ」

シロが目を伏せると、まつげの動きがよくわかる。それくらい、お互いの距離は近づいていた。

「普段であれば、ここでまた殴られるはず」

「いや、そう……かもしれませんけど……」

なにその心配の仕方。九十九は苦笑いした。

シロは、喫茶店で九十九たちの会話を盗み聞きしていなかったのだと思う。九十九がそう言ったので、守ってくれたのだ。だから、理由がわかっていない。

いつもフリーダムに見えて、シロは九十九の嫌がることをしなかった。むしろ、異様に気を遣われていると感じるときさえある。

九十九との接し方に迷いがあるのだ。

「九十九の元気がないと、儂も調子が出ぬ」

元気の基準が拳なのも、おかしな話だけど。

「シロ様。本当になんでもないので……大丈夫です」

「添い寝すれば元気になるか？　それとも、接吻（くちづけ）か？　案ずるな。儂のガードはいつでもガラ空きだ」

「もしかして、殴られたいんですか？」

「よいぞ」

「え？　殴られたいんです？」

どうぞ。と、言わんばかりにシロが両手を広げてきた。なにこの状況。ちょっと思ってたのと違うんですけど。めんどくさい。めんどくさ！

九十九の困惑を余所に、シロはなぜか得意げだった。

「まるで、わたしがシロ様を殴るのが趣味かなにかみたいな……」

「そこまでは言っておらぬ。スキンシップの一種であろう？」

え、そうなの？　そうじゃなくない⁉

「ツンデレ、というのであろう？　愛情表現の一種だと、天照が言っておった」

あまりに堂々と言い放たれて、九十九はポカンと口を開ける。

「天照様、また変なこと教えてる……」

もっとマトモなことを教わってほしい。九十九は額（ひたい）に手を当てて天を仰（あお）いだ。わたし、妙な誤解されてるぅ……。

「儂は心の広い夫だからな。九十九からの愛であれば、どのような形でも受け入れる」

「言ってることはもっともらしいのに、内容は実にくだらないんですが、それでも神様なんですかっ⁉　いい加減、学習していただけませんかねぇ⁉」

九十九は、ついつい声を張りあげてしまう。すると、シロはパァッと表情を明るくした。

「九十九に元気が戻ってきた！」

「そろそろ、黙ってくれますか⁉」

もうここまで来ると、猫を被る気などサラサラなかった。一人で悩んだのが馬鹿みたいだ。九十九は嬉しそうに畳を叩いているシロの尻尾をつかまえて、「えいっ！」と引っ張ってやった。

「あひぃん！」

シロは犬っぽい声をあげながら、身体を飛び跳ねさせる。尻尾を引っ張るのが、一番効く。あと、掃除機で吸うのも有効だ。

だが、九十九に尻尾をつかまれて、シロはどことなく嬉しそうで……元気がないと心配されていたので、そういう意味はないと理解しつつも……そういう意味に見えてきてしまうから、あまりよろしくない。

「九十九が元気になった」

「あー、はいはい。ありがとうございます」

なんだかんだ、通常運行が一番みたいだ。九十九は雑に答えながら、息をつく。それでも、ちょっと癪なので、これからはあまり手を出さないようにしよう。できるだけ、やんわりと元気に振る舞わないと……そう心に誓った。

「………」

ふと、首からさがった肌守りが視界に入る。

お姫様抱っこなんてされたものだから、首にかけて服の内側に身につけていたお守りが出てきてしまったようだ。

一つは、紺色の肌守り。幼いころからずっと持っている、退魔の盾を呼び出す術に使用する。シロの髪をおさめていた。

もう一つは、純白の肌守り。

こちらは、天之御中主神から授かった。

天之御中主神とシロは表裏の存在だ。もとは神使であったシロが、神様となったのは、天之御中主神と融合した存在だから。二柱(ふたり)は同じであり、別の存在でもある。成り立ちそのものが特殊だった。

シロの巫女である九十九にも、天之御中主神の影響が及んでいる。

九十九に宿る神気の特性に変化が生じているのだ。九十九には、新たに引の力——引き寄せる性質を持った神気が顕(あらわ)れている。

力を借りるのではない。

神様の力を引き寄せて、自分のものとする――そのせいで、八股榎大明神のお袖さんにも、迷惑をかけてしまった。

天之御中主神が授けてくれた肌守りには、九十九の髪が入っている。天之御中主神の影響で神気に変化が生じたが、これは紛れもなく九十九の力だ。純白の肌守りは、九十九自身がきちんと力を制御するために与えられている。

あれから、暴走は見られない。九十九が作る力の結晶も、無色透明を保っていた。

「シロ様」

「どうした？」

九十九は、肌守りを両手でにぎりしめながら、シロの名を呼んだ。シロは何気ない表情で、九十九の目を見る。

「天之御中主神様と……一度、話し合いませんか？」

途端、シロの顔が曇った。眉根を寄せ、困惑している。そして、はっきりとした嫌悪感も感じとれた。

シロは天之御中主神が嫌いだ。同一の存在なのに……いや、同一の存在であるのを嫌がっている。

それは、神様然としすぎた天之御中主神の態度や言動によるものだが、九十九には二柱は対話が足りないのではないかと感じられた。

ずっと続いてきた関係だ。いまさら、改善されても意味はないかもしれない。改善するとも限らなかった。

でも、九十九はこのままではいけないと思っている。

シロが天之御中主神を嫌う。それは、シロが自身を好きになれないということだ。

神様として、この先も何百年、何千年……気の遠くなる時間を過ごすのに、自分を嫌いだなんて、あまりに寂しいではないか。

九十九は人間だ。シロと同じ時間を生きられない。

だから、九十九にできるのは……シロがこの先、少しでも幸福でいてくれるためのお手伝いだ。これが正解かどうかはわからないが、今はそう思っている。

「…………」

シロはあからさまに口を曲げて、黙ったままだ。

九十九の提案に、なにも答えてくれない。けれども、一生懸命、考えているような気がした。どうやって答えるか、迷い、考え、悩んでいる。

「お嫌、ですよね……?」

聞かずともわかっているが、九十九は確認してみる。

シロは口を閉ざして、なにも言わない。

九十九の意図を、たぶんわかっている。だからこそ、拒否せずに黙しているのだ。けれども、肯定もできない。

「考えておいてください。今すぐじゃなくて、大丈夫なので」

九十九はそう言いながら、シロの着物の袖をつかんだ。すがりつくみたいな格好になってしまうが、あまり体重はかけないようにする。

シロは、なにも答えない。

九十九からも、顔をそらしてしまった。

「……嗚呼」

やがて、聞き漏らしそうな声で、返事がある。

か細く頼りない。

でも、九十九を不安にさせまいとしているのは、なんとなく伝わってきた。

3

冬の陽は短い。

油断していると、すっかり暗くなってしまう。

九十九は竹箒（たけぼうき）を持って、湯築屋の門へ向かった。今日は日曜日。大学も休みなので、一日中、湯築屋の仕事をしている。

シロの使い魔が、燈火の見守りをはじめて三日経つが、とくに変化はないらしい。それでも、暗くなっていく夜空を見あげるたびに、燈火が心配になった。金曜日に大学で別れたきり、顔もあわせていない。

毎晩、メッセージのやりとりをして、無事は確認している。今日は写真のために、一人で道後を散策するのだとか。

夜の道後温泉街には、独特の雰囲気がある。道後温泉本館や飛鳥乃湯泉(あすかのゆ)はライトアップされ、昼間とは違う色をまとうのだ。

また、道後公園には「ひかりの実」というイルミネーション作品が展示中だった。道後温泉と現代アートの融合である、オンセナートの一環だ。街のいろんな場所に、様々なアーティストが手がけた作品が展示される。一部の展示が「映える」と評判となり、今、SNS界隈でアツいらしい。

本当は九十九も一緒に散策したかったが、燈火から「でも、写真撮ってる間、いろいろ待たせちゃうし……」と、断られてしまった。

燈火ちゃん、大丈夫かな……。

九十九は、竹箒で門前を掃く。

湯築屋の結界内は、あまり掃除する必要がないのだが、門の外はそうもいかない。忙しいと、ついつい落ち葉が溜まってしまう。

リン――。

と、鈴の音が聞こえた。

九十九は掃除の手を止め、辺りを見回す。

湯築屋では、お客様のご来館があると、鈴が鳴る仕組みになっている。ただ、どちらかというと、神社の本坪鈴のような音だ。「シャン、シャン」と、擬音に直せる。だから、今鳴った鈴とは、ちょっと違う。

陽が落ちて、周囲の影が濃くなりつつある。

そんな中で、何者にも染まらぬ白だけが、浮かびあがっていた。

「あ……」

白い神様が助けてくれたと、燈火が言っていたのを思い出す。

今、目の前にいるのは、まさに白い神様と呼べる存在かもしれない。

新雪の如き白い着物に、地面まで垂れる灰色の長い髪。灰色の虹彩の中心に存在する瞳孔は、縦に開いている。

神気の波動から、神様だというのは間違いなかった。

「これ」

白い神様は、手に持っていたものを九十九に見せた。

リン、と音を鳴らしたのは、キラキラ光る鈴だ。表面が色とりどりのストーンで加工されており、非常に印象深い意匠だった。

燈火ちゃんのストラップだ……。

一目で、わかった。

やっぱり、この神様が燈火ちゃんを助けてくれたのかな？

白い神様は、黙って九十九を見据えたままだ。沈黙が長くなり、次第に空気が重苦しく感じてくる。

なにが目的なのだろう。

九十九は、白い神様がなにを述べるのか、じっと待った。

「…………」

「…………」

「…………」

「…………」

「あの……」

長い長い沈黙のすえに、九十九は耐えられず口を開いた。

「ご用件を、おうかがいしても……よろしいですか？」

ただ見つめあうだけだったので、つい聞いてしまう。

なにか意図があって見られていると思ったのだが……なんとなく。いや、本当に失礼な話なのだが、なんとなく……なんとなーく……単に、ぼーっとしているだけなのではないかと感じてしまったのだ。

「嗚呼、うん……」

すると、白い神様は、はたと気がついたように目を伏せた。口を開くと、神々しいと言うよりも、ちょっとだけ「ぽやぽや」した印象だ。

「拾った。君の匂いがする」

鈴を九十九に渡しながら、白い神様は短く告げる。

「わたしの……？」

九十九の匂いがするから、湯築屋に届けた。と、いうことだろうか。たしかに、最近は燈火と一緒にいる機会が多かったので、九十九の神気の痕跡があるかもしれない。

白い神様は、用が済んだと言わんばかりに、くるりと踵を返す。しかし、もう少し話をしたくて、九十九はとっさに「待ってください」と声をかけた。

「せっかくですから、湯築屋で休んでいきませんか？」

営業トークのつもりはないが、九十九は門を示しながら笑った。経緯も聞きたいが、この神様はこうやって、燈火のストラップを届けてくれたのだ。お礼もしたい。

白い神様は、ぼんやりとした表情で湯築屋をながめている。彼には、門の向こうに広がる結界の景色が見えているはずだ。

「うん、わかった」

やや遅れて、神様はコクコクとうなずいた。

九十九は安心して、接客スマイルを浮かべる。

「では、湯築屋へいらっしゃいませ。差し支えなければ、お名前をうかがってもよろしいでしょうか、お客様」

「名前」

神様は、首を傾げながら、しばらく考えていた。なにをそんなに迷っているのだろう。

誰からも忘れられ、名を失ってしまった堕神ではないのに。

「僕は……ミイさん。ミイさんと、呼ばれている」

その呼称を聞いて、九十九は「あー！」と声を出した。


道後公園に、ひっそりと祀られる神社がある。

昔、そこには大蛇（だいじゃ）が住んでいた。

筍（たけのこ）とりのお爺（じい）さんが、煙草（たばこ）で一服していたところ現れたとされている。木の根と間違えて吸い殻を捨てたのが、大蛇の胴体だったのだ。怒った大蛇は、お爺さんを丸呑みにしてしまったという。

大蛇は、お爺さんを呑み込んだあとも、村へおりて暴れたそうだ。次々と村人を丸呑みしていく大蛇を鎮めるために、人々は小さな神社を造ることにした。

そうやって、大蛇を神様として祀り、怒りをおさめたという。

これが岩崎神社の成り立ちだ。

祀られた大蛇は「ミイさん」と呼ばれている。

「ミイさん、粗茶にございます」

応接間に腰かけるミイさんに、九十九は煎茶の湯呑みを差し出した。新宮茶だ。四国中央市新宮町で、完全有機農法によって栽培される日本茶である。低温抽出しているので、苦みが少なく、甘みが引き立つ味わいだ。

お茶菓子として、柚子のマカロンを出す。料理長の幸一は、元々、フレンチの修業をしていた。最近、和と洋の創作菓子の研究もしている。

「………………」

ミイさんは、ぼんやりとした表情で九十九に、コクリと頭をさげた。やはり、あまり口数が多くない。必要最低限の言葉しか発しなかった。

「シロ様も、どうぞ」

テーブルを挟んで向かい側に座ったシロにも、九十九は煎茶を出した。

湯築屋の応接間は和室だが、革のソファとテーブルが用意されている。調度品もレトロな洋式で揃えていた。

「九十九が男を連れ込んだ……」

「語弊しかない言い方です。お客様ですよ」

シロが勝手に機嫌を悪くしているので、九十九は訂正しておく。

「わかっておる。それにしても、珍しい」

煎茶をすすりながら、シロはミイさんを見据える。

「シロ様はお会いしたことがあるんですか？」

「まあ、傀儡だったが」

シロは湯築屋の外には出られない。結界外での行動は、動物の姿を借りた使い魔か、傀儡を介していた。

「あれ以上、人間を喰われては堪らぬからな。当時の巫女と共に、儂が鎮めた」

神話や伝承は、人々の間で正確に語り継がれているとは限らない。事実とは歪められているケースも往々にして存在する。

けれども、ミイさんの場合は伝承が正しいようだ。人間を丸呑みにしたなんて話は、今のミイさんからは想像もつかない。

「案ずるな」

密かに、九十九が身構えたのを悟ったのだろう。シロは安心させようと微笑してくれた。

ここは湯築屋だ。シロ以外の神様は神気が極端に制限される。好き放題はできない仕組みになっていた。

それに、恐ろしい側面を持った神様はミイさんだけではない。温厚そうな神様でも、荒々しい逸話を持っていることがある。日々の業務で、九十九だって慣れていた。

「湯築屋へのご来館は、初めてですよね？」

九十九の記憶が正しければ、ミイさんの名は湯築屋の来館名簿になかった。

存外、そんなものだ。いわゆる、「ご近所様」は、なかなか湯築屋へいらっしゃらない。

道後の湯には神気を癒やす効果があるけれども、入浴は湯築屋でなくともいい。足湯や本館の浴場でも、同じ効果を得られる。

「そうだったかな」

ミイさんは、ゆっくりとした動作で腕を組んだ。

「そうかもしれない」

そして、遅れて九十九の言葉を肯定した。

とてもマイペース……のんびりとした性格のようだ。表情に乏しいというより、「ただぼんやりとしているだけ」といった印象を受けた。

「ミイさんは、燈火ちゃんを助けてくださったんですか？」

「燈火ちゃん……？　嗚呼、あの？」

九十九の問いに、ミイさんは首を傾げたが、ほどなくしてうなずく。やはり、燈火を何者かから助けたのは、ミイさんだったみたいだ。

ならば、燈火を追っていた影の正体も知っているのではないか。

「そのとき、他になにかいましたか？」

悪い妖なら、対処が必要だ。けれども、ミイさんは不思議そうにするばかりだった。

「他に？」

「はい。おかしな気配とか、存在とか……」

「彼処には、僕しかいなかった」

「本当ですか？」

「間違いない」

ミイさんの話が本当なら、燈火をつけ狙う存在などなかった。勘違いだったということになる。

それなら、心配はないのだけれど……燈火の不安を取り除けば、すべて解決する。邪な存在など、ないほうがいいのだ。

「…………」

　だが、ミイさんと九十九のやりとりを聞くシロは、険しい表情だった。明らかに、なにか引っかかっている。

「シロ様、なにか気になりますか？」

「いや……」

　煮え切らない態度だ。

　シロがこんな答え方をするのは……九十九は直感した。

　天之御中主神が関わっているときだ。

　しかし、今回の件に天之御中主神が直接なにかしているとは考えにくい。あの神様は自らトラブルを起こすようなタイプではないと、九十九は理解している。

　だったら――。

「…………」

　不意に、ミイさんが顔をあげた。

「ミイさん？　どうされま――」

　九十九が言い切る前に、ミイさんが白い光を放ちはじめる。みるみるうちに、身体が細くなり、形が変わっていくのを、九十九はながめていることしかできなかった。

「え、ミイさん⁉」

　ミイさんは、白い蛇の姿に変じる。かと思ったら、しゅるしゅるっと、すり抜けるような動作で、素早く部屋から出ていってしまった。

いったい、どうしたのだろう。九十九はミイさんのあとを追おうとする。

「使い魔が――」

立ちあがった九十九の背で、シロがなにかをつぶやいている。

「呑まれた」

使い魔が、呑まれた。

それって……。

九十九はギョッとして目を丸くする。

「燈火ちゃん……！」

♨　♨　♨

松山なんて、なにもない。

好きなバンドのライブツアーは滅多に来てもらえないし、欲しいブランドの新作が出てもショップがなかった。本や雑誌の入荷は都会より数日遅れ。遊びに行きたくても、カラオケとボウリングと、プラスアルファくらい。

遊園地？　なにそれ美味しいの？　いや、ボクはぼっちだから関係ないけどさ……。

こんな街、どうだっていい。興味ない。

燈火は、当たり前のようにこう考えていた。

大学からは県外に出て、都会暮らしを満喫したい。そう思って、わざわざ県外の大学を受験したのに、入試の当日に発熱して落ちた。

ショックで春休みはいじけていたけれど……今は、「まあ、いいか」と思えるようになっていた。

まだ県外へ出たい気持ちはある。

でも、以前ほど渇望していなかった。

九十九と友達になったからだ。

彼女は燈火に、いろんなことを教えてくれる。

神様や妖について。それまで、なにもわからないまま過ごしていたのが、嘘みたいだ。

妖たちが、全然怖くなくなった。

それだけではない。コミュ障の燈火に、友達とのつきあい方を教えてくれた——初めての、友達だ。

まだ慣れなくて、すごく困らせたり、傷つけたりすることもあるけれど、ちょっとずつ、他人との接し方を覚えていった。小学生のときに同じクラスだった浜中とも、仲直りできたのは、たぶん九十九のおかげだ。

あとは、松山が好きになった。

やっぱり、不満は多いし地方特有の不便さや、息苦しさは拭えない。それでも、「ちょっとくらいは、松山にいてもいいかな」と思えるようになった。

想像以上に魅力がある。ＳＮＳで発信したら、たくさんのフォロワーが賛同してくれた。数字が伸びるのを見ているのが気持ちいいのも否定できないけど……「これを発信しよう！」と思ったのは、九十九のおかげだ。

近ごろは、一人で散策もする。今日は、道後公園のイルミネーションが目当てだった。夜の撮影はむずかしいが、装備は万全。専用のレンズと、三脚も持ってきている。

「よし」

夜の道後も、なかなか映える。

放生園のカラクリ時計は、ライトアップされることによって赤色が美しく浮きあがっていた。

飛鳥乃湯泉も、夜のほうが綺麗に見える。庭に流れる温泉の湯気と朱色の建物という絶妙にエモい構図の写真が撮れたのは大収穫だった。

アーケード商店街の観光客も減るので、シャッターチャンスも巡り放題。うん、夜いいかも。

本当は九十九と一緒だと楽しいけれど、旅館の仕事も忙しいし、同行は断った。おひとり様のほうが、写真も撮りやすい。

「大漁、大漁」

つい独り言が漏れる。長らく、ぼっちだったので癖だ。一人になると、しゃべりたくなってしまう。

人前では、全然しゃべれないのに。

本当は……「湯築さん」じゃなくて、「九十九ちゃん」って呼んでみたい。

なんだか、恥ずかしいから、つい名字になってしまう。

「九十九ちゃん、かぁ……」

居心地が悪い。

胸の奥がぞわぞわとして、身体がむずむずする。本人の前で呼ぶのは、無理かもしれない。そもそも、友達を名前で呼んだことがない燈火には、ハードルが高すぎる。

九十九と旦那さんの関係には、「もう半年は経つんだよね」なんて言ってしまったけど……燈火だって、他人のことは言えない。まだ九十九を名前で呼べていなかった。

やっぱり、あのとき悪いこと言っちゃったよね。

怒られなかったのは、九十九が優しいからだ。燈火はすっかり甘えている。

そんなモヤモヤした気持ちを抱えながら、燈火は夜の道後公園へ入っていく。九十九の言った通り、木々を彩るたくさんのＬＥＤライトが見えた。

ライトには、果実袋のような袋がかけてある。それぞれに、子供の書いたと思しき絵が浮かんでおり、色合いだけではなく、絵柄を見ても楽しめるようになっていた。笑顔の似顔絵が多いが、みんな誰を描いたのだろう。想像を膨らませるのも、面白い。

昼間に来るのとは、印象が違う。

そういえば、前に展望台にのぼる途中、小さな神社を見つけたけれど……あれは、なんの神様が祀られていたのだろう。九十九に聞いておくのを忘れていた。

燈火は三脚を立てる。人気の催しらしいが、全然人がいなくて助かった。シャッターチャンスを待つ必要がない。

どういう構図がいいだろう。手前の光に焦点を当てて、うしろをボカす？　それとも、逆のほうがいいかな。奥行きを出したいから、角度も吟味したい。

最近、浜中からいろいろアドバイスをもらって、写真の構図も勉強中なのだ。彼女もSNSをやっていて、すごく勉強になった。やっぱり、他人の意見は視野が広がるので、参考になる。

あれこれとカメラをのぞき込む燈火には、迫りつつある影に気がつく余地などなかった。

4

燈火ちゃんが危ない！

察知して、九十九は湯築屋を飛び出していた。シロの傀儡も一緒だ。

「え、ここ……？」

前を走るシロの傀儡が入ったのは、道後公園だった。広い丘陵地の公園で、もとは中世に栄えた河野（かわの）氏の城跡だ。発掘調査も進んでおり、出土品の展示や武家屋敷の再現もされている。

夜になると、オンセナートの一環で「ひかりの実」イルミネーションが実施されているはずだ。毎年好評のアート展示で、人もそれなりに集まると記憶している。

深夜ならともかく、まだ展示は続いていた。そんな場所で襲ってくる脅威があるなんて。

周囲の人々も巻き込まれているのではないか。

「結界……否、人除けか」

公園へ入った瞬間、シロの傀儡が立ち止まる。

「なにかあるんでしょうか」

「人を遠ざける術……術とも言えぬな。空気だ」

空気などと、ふわっとした言い回しなのは、それが術の類ではなかったからだろう。神様の発する威厳や圧力に近い。常人であれば、「危険を察知して近づきたくない」と、本能的に感じるなにかだった。

そういう気配を無意識に発する、「なにか」がいる。

一歩踏み入れると、九十九の背筋にも悪寒が走った。木のドームとなった道筋には、色とりどりのライトが見えるが、ちっとも楽しい気分にならない。早く帰りたいと感じていた。

神様に慣れた九十九ですら、この有様だ。只人は、もっと不気味な心地かもしれない。

「獲物を呼び寄せ、他を退ける気。巧妙だな」

「感心している場合ですか……」

「感心はしておらぬ。人目を気にせずともよさそうで、好都合ではないか」

たしかに。それに、燈火以外の人間が巻き込まれる可能性も低い。

しかし、裏を返せば……ここに呼び寄せられた燈火は、気のせいなどではなく、疑いようもなく狙われている。計画的な罠ということだ。

ますます燈火が心配になった。

九十九は、シロの傀儡と一緒に先へ進んでいく。すると、闇の中から誰かの悲鳴が聞こえてきた。

女の人……きっと、燈火だ。

九十九は足を速めた。

「待て、九十九」

不意に、シロが九十九を呼び止める。が、急には止まれない。

「え……？」

そんな九十九の身体に、なにかがぶつかった。

木が倒れてる……？

道を塞ぐように、大きなものが横たわっていた。

「う、動いてる……！」

けれども、九十九はそれが動いているのに気がついてしまう。表面は硬いなにかで覆われているが、丸くて太い。生臭い気もする。

大きな生き物の胴体みたいだった。

「さがれ」

怯む九十九の身体を、シロの傀儡がうしろから引き寄せる。腕がひんやりとしているのは、寒いからではない。使い魔と違って、傀儡には生命が宿っていないのだ。あたたかみを感じないので、九十九はなんとなく、この傀儡が好きになれなかった。

だが、そんな好き嫌いを言っている場合ではない。シロの傀儡は、九十九を軽々と持ちあげて、後方へ跳び退る。

「いったん退く」

「は、はい……」

人間味が薄い傀儡のはずなのに、うしろから抱きしめて、耳元で囁かれると、くすぐったい気分になる。こんなときなのに。

しかし、これはいったい……。

九十九はゆっくりと動く胴体を視線で辿った。

胴体の直径だけでも、人間の背丈以上の太さがある。それが道後公園の丘を横断するように横たわっていた。

真っ黒で、表面に鱗のようなものが確認できる。

蛇？

「あ！　シロ様！　止まってください！」

逃げようとしているシロの傀儡に、九十九は待ったをかけた。

か細い声が聞こえる。

「燈火ちゃん！」

九十九は精一杯、大きな声で燈火の名を呼ぶ。

たしかに、胴体の向こう側から誰かの声がしたのだ。九十九は耳をすませた。

「ゆ……湯築さ……ん……？」

弱々しいが、九十九に応える声がある。

燈火だ。すぐそこにいる。

「シロ様、燈火ちゃんがあっちに！」

けれども、シロは九十九を抱えたまま離してくれなかった。どんどんと、逆方向へ走って、燈火から遠ざかっていく。

「シロ様！　戻ってください！」

「ならぬ」

どうして！　批難の視線を向けるが、シロの傀儡は淡々としていた。

「これは妖などではない。神の類……儂は九十九を優先する」

それを聞いて、九十九は愕然とした。

わたし、お荷物なんだ。

シロの言葉はそう示していた。燈火と九十九、両方を守れない――シロにとって、九十九は庇護対象だ。

足手まといでしかない。

九十九には、登季子のように多彩な術は使えなかった。まだ退魔の盾を出したり、自分の力を結晶にしたり、小さなことしかできない。

シロは湯築屋の結界では、どんな神をも凌駕する。しかし、とても限定的な条件だ。今、この場では、他の神を脅かすほどの力を発揮できない。

相手は気配だけで、人を寄せつけぬ圧を放っている。日本神話の神々のような強さはないが、傀儡の身であるシロが簡単に御せる相手ではないだろう。

「九十九を公園の外に出したら、それから向かう」

シロは九十九を安心させせようとする。

「た……助けて……」

しかし、か細い燈火の声が聞こえた。

やっぱり、襲われている。助けが遅れたら、どうなってしまうか。

九十九はキュッと唇を引き結んだ。

そして、首にさげた肌守りを握りしめる。

シロの肌守りと、天之御中主神の肌守りだ。

「あれは、神様なんですよね……だったら、わたしだってお役に立てると思います！」

気がつくと、九十九は啖呵を切っていた。

天之御中主神の力に触れたことで、九十九の神気には変化が生じている。神様の力を引き寄せてしまう力。その制御のために、天之御中主神は肌守りを授けてくれた。

九十九は、まだ一度も自分の意思で引の力を使用していない。

それでも、今は「できなきゃいけない」と思う。

友達が危ないのだから。

「わたしが力を引き寄せれば、あの神様は弱くなるんじゃないですか！」

「九十九に危険な真似はさせられぬ」

シロは譲らなかったが、九十九もあきらめる気はない。

「そのような力、御さなくともよいのだ……」

吐き出すような台詞は、シロの心情を吐露していた。傀儡は表情があまり変わらないのでわかりにくいが、シロは寂しそうだ。

天之御中主神の力で変質した神気なんて、制御できなくてもいい。九十九はシロの巫女なのだから。

そう言われていると感じた。

「…………」

シロ様に、こんな顔させたくない。

でも。

「わがまま言わないでください！　駄目神様！」

九十九は身体を大きく揺らして、傀儡の腕を振り解いた。

「つ、九十九……」

九十九は自らの足で地面に立ち、シロの胸ぐらをつかんだ。すごくガラが悪いが、こうしなければ気が済まない。

「わたしは！　シロ様の巫女で、妻です！　天之御中主神様のものなんかには、なりません！　これは、わたしの力なんでしょう⁉　だったら、使いこなすしかないじゃないですか。いつまでも、うじうじしてないで、そろそろ割り切ってもらわないと困るんですよ！　こっちは、前に進みたいんです！」

シロは九十九に、引の力を使ってほしくない。これが天之御中主神の影響で強まった神気の力だから。

九十九が天之御中主神によって変わっていくのを、認めたくない。

その心理は重々理解している。

けれども、そんな場合ではなかった。

「儂は」

シロの傀儡は、明らかに動揺した様子で顔をそらした。九十九は、傀儡の顔を両手ではさむようにつかみ、無理やりこちらへ向ける。

しっかりと、見てほしい。

わたしは、あなたの巫女なんだから。

「でも、わたしだけじゃなにもできないので、助けてください。おねがいします」

九十九の力で相手を弱らせたって、そのあとなにもできない。シロの力は絶対に必要だ。

「わたしのせいで、誰かが傷つくなんて、もう嫌です」

「九十九……」

お袖さんは、九十九のせいで倒れてしまったのだ。すぐに元気になったが、しばらくは湯築屋で療養していた。すべて九十九の力が引き起こしたことだ。

今は、燈火が危ない。

「おねがいします。燈火ちゃんを助けたいんです」

睨むような視線で、九十九はシロの傀儡をまっすぐ見据えた。

シロは、しばらく九十九と視線をあわせない。湯築屋にいる本人も、どうすればいいのか迷っているのだろう。

だが、やがてゆっくりと、九十九を見た。

「わかった」

傀儡の瞳の奥に、シロがいる気がした。

その返事を聞いて、九十九はすぐに踵を返す。来た道を戻って、燈火の姿を探した。シロもついてきてくれる。

「燈火ちゃん！」

やがて、道の先に燈火の姿を見つけた。

辺りの木には、ひかりの実イルミネーションが輝いている。怯える燈火と、色とりどりの光が対比となって、アンバランスに思えた。

「あ、あ、ああ……ゆ、湯築さん……！」

燈火が涙を浮かべながら、九十九をふり返った。尻もちをついて、自慢の洋服が泥だらけだ。

九十九は燈火を安心させようと駆け寄った。

「ごめん、燈火ちゃん。遅くなった」

「う……うう……」

燈火は上手く声が出ないらしく、九十九に抱きついて嗚咽を漏らしている。九十九は燈火を宥めるために、ポンポンと背中を叩いた。

けれども、その背後から不穏な物音が聞こえる。

燈火が身体をビクリと震わせた。九十九も、異様な気配に背筋に悪寒が走る。

「………」

なにかを引きずる音がした。

そして、シャーシャーと、奇妙な音が頭の上からしている。

「ゆ、湯築さん」

そういえば、さきほど道を塞いでいた生物の胴体は、どこへ行ったのだろうか。九十九の脳裏に疑問が過る。

九十九は嫌な予感がしながらも、息を呑んで頭上を仰いだ。

「ひ……」

大きな頭が見える。

黒い大蛇が、九十九と燈火をのぞき込んでいた。細くて長い舌を出し入れして、こちらの様子をうかがっている。

漆黒の鱗に覆われた姿は闇に紛れてしまいそうだが、赤く光る目は鬼火のように浮きあがっていた。

やがて、黒い大蛇の大きな口が開く。鋭い牙(きば)が見えた瞬間、九十九は自分たちが引き裂かれる覚悟をした。

「好きにはさせぬ」

しかし、黒い大蛇の口は九十九たちには届かない。

シロの傀儡が、黒い大蛇の頭を蹴りつけていた。予期せぬ攻撃を受けて、大蛇はいったん、うしろへとさがっていく。

シロの傀儡は、軽々とした動作で、九十九たちの前に着地した。

わたしも、燈火ちゃんを守らないと……！

九十九は燈火を背に、スッと立ちあがった。

「湯築さぁん……」

燈火がか細い声を漏らすので、九十九はふり返って微笑んだ。

「大丈夫だよ。待っててね」

とはいえ、九十九にできることは限られている。超人的な身体能力があるわけでも、強い術が使えるわけでもないのだ。

シロに対してあんな啖呵を切ってしまった。絶対に足手まといになったり、怪我をしたりしてはいけない。

黒い大蛇の尻尾が、もと来た道を塞ぐ。突破するしかないようだ。

シロの傀儡が動く。目にも留まらぬ速さで地面を蹴り、気がついたときには跳躍していた。

そういえば、結界の外で傀儡が戦う現場を、九十九は初めて見る。シロいわく、使い魔よりも荒事の対処には向いているそうだが……たしかに。黒い大蛇に、再び強烈な蹴りを喰らわせていた。思ったより、武闘派かも。

しかし、傀儡の動きは明らかに単独行動――九十九との共闘を前提としていなかった。

シロは、やっぱり九十九と燈火を守ろうとしてくれている。

足手まとい。

そんな焦りが九十九に生じる。

黒い大蛇の尻尾は、九十九たちの退路を断っているが、あまり大きく動いている様子はなかった。

九十九は、そろりと大蛇の尻尾へ近づく。

純白の肌守りを両手でにぎる。すると、ほのかに温かい熱を感じた。力が肌守りに集まる気配がする。

目を閉じると……大蛇にみなぎる神気の流れを感じとれた。これを引き寄せるイメージを持てばいいのか。

できる。

八股榎大明神で倒れるお袖さんの姿を思い出す。あんなのは、もう嫌だ。こんな力なんて要らないと思った。

だが、今は向きあうときだ。泣いたって、生じてしまった力は消えたりしない。九十九はこの力と向きあって生きていくしかないのだ。

この力が友達を救うなら、なおさら。

けれども、どこかで引っかかりもある。

黒い大蛇は神様だ。シロもそう言っていたし、九十九もたしかに神気を感じる。

道後公園で、これだけの大蛇が語られる伝承は——。

「九十九！」

肌守りに意識を集中させようとする九十九の身体が、ふわりと浮きあがる。遅れて、九十九が立っていた場所を、蛇の尻尾が薙ぎ払っていた。砂埃が舞いあがって、九十九は思わず咳き込んだ。

シロの傀儡が、九十九の身体を抱えている。

どうやら、助けられたらしい。

「シロ様……！」

九十九を地面におろした途端、シロの傀儡が身体を傾ける。

左の足首から先が消えていた。陶器のようにひび割れた断面が痛ましい。それでも、傀儡は痛みを訴えることなく自立している。

今ので、足首を落とされたのだ。あのまま、九十九が立っていたら確実に、怪我では済まなかった。

「大丈夫なんですか」

「案ずるな。先だけだ」

ここにいるのは、シロではなく傀儡だ。痛みもないが、やや歩きにくそうだった。

九十九を守ったからだ。

「シロ様……」

「今はよい」

謝罪しようとする九十九の声が遮られた。

「それよりも、九十九は友を連れてゆけ」

シロの傀儡は、うずくまっている燈火を示す。自分が引きつける間に、逃げろという指示だ。

九十九だって、役に立ちたい。

しかし、それはこの状況では通せぬ主張だ。

悔しいけれど、これが最善だと信じたい。

「わかりま――」

走ろうとする九十九の頭上を、なにかが飛んでいった気配がする。返事の途中で立ち止まり、九十九はふり返った。

ドスンッと、地面に巨体が落ちる音がする。

「な、なん……です、あれ……？」

つい、声が揺れてしまった。

闇の中に浮きあがる、白い巨体。

赤い瞳を光らせているのは、真っ白な大蛇であった。黒い蛇と同じくらい、いや、それよりも大きい。長い牙を剥いて、黒い大蛇を威嚇していた。

二匹の大蛇が、夜の公園で睨みあっている。

状況が呑み込めずに、九十九は呆然と立ち尽くす。

ただ、わかるのは……白い大蛇に、九十九たちを襲う気はないらしい。黒い大蛇から、九十九たちを守るように対峙していた。

そして、黒い大蛇と同じように神気を放っている。この蛇も、神様なのだ。

どういうこと⁉

九十九は混乱するが、状況は待ってくれない。

やがて、白い蛇が黒い蛇に噛みつく。二匹の大蛇は絡みつくようにもみあい、文字通りの死闘となっていた。力は互角で、拮抗している。

「シロ様！」

どうにかしなきゃ。

九十九は、シロの傀儡の手をとった。

「加勢しましょう」

白い大蛇は九十九たちを守ってくれている。だったら、加勢して状況を好転させるほうがいい。

逃げることもできる。

けれども、ここは道後公園だ。人払いされているとはいえ、放置できるわけがない。

「……わかった」

シロの傀儡は、そう言うなり、九十九の身体を三度持ちあげる。お姫様抱っこの形となり、ちょっとばかり気恥ずかしいが、文句は言えない。

「え」

気がつくと、九十九の前方から風が吹きつけていた。

いや、そうじゃない。シロの傀儡が地面を蹴って、前進しているのだ。まるでジェットコースターにのったような速度で、景色が流れていく。

シロが踏み込んだ動作すら認識できなかった。本当にいきなりだったので、心の準備がまったく整っていない。

「ひ、き、きゃあああああああ！」

月並みな悲鳴をあげてしまった。

傀儡が跳躍すると、感じたことのない浮遊感で意識が飛びそうだ。それでも、九十九はなんとか、目の前のできごとについていこうと努力する。お腹に力を入れて、ぐっと堪えると、浮遊感も若干小さくなった。

シロはもつれあう二匹の蛇に近づいていく。

九十九のやることは決まっていた。

純白の肌守りをにぎりしめて、意識を集中させる。

力を結晶に変えるとき、九十九は自らの身体に流れる神気を感じた。温かい神気は、だいたい血管の流れにそっていて、全身を巡っているのだ。それを一箇所に集めるイメージを形成する。

けれども、今回は他の神様から神気を引き寄せなければならない。

意識を、もっと深く潜らせないと。

アグニとの対決のときを思い出した。あのとき、九十九の神気は尽きていた。だから、その奥にある力に、すがりつくように手を伸ばしたのだ。

深い水の底へと、泳ぐイメージ。

泳いで、落ちて、潜って……潜って……。

二つ、熱のようなものを感じた。

「あった」

九十九は意識を集中させたまま、目を開ける。

すると、目の前に黒い大蛇の顔が迫っていた。禍々(まがまが)しい赤い瞳が、九十九をとらえている。

でも、怖がっちゃ駄目。

九十九は手を伸ばした。

硬い鱗に触れ、意識下で見つけた熱を意識する。

「すみません！」

九十九は叫びながら、広げていた手をにぎり込む。右掌が熱くなり、硬い結晶が生まれていく感覚があった。

途端に、黒い大蛇の動きが鈍くなっていく。

シロは速やかに、二匹の蛇から距離をとった。

「……できた……」

まだ心臓がバクバクしている。

九十九は、右掌を見おろした。

真っ黒い結晶が形成されている。いつもの、花弁のような結晶ではない。黒真珠の如き輝きを放つ球体だった。

色も形も、九十九自身が作る結晶とは異なっている。

これが、神様の力……。

「まだだ」

達成感に浸っていた九十九に、シロが注意をうながす。

そうだ。まだ、終わっていない……。

二匹の大蛇の争いは続いていた。黒い大蛇の動きが鈍くなったとはいえ、完全に止まったわけではない。

大蛇が尾を地面に叩きつける。

広い池は、彼らにとっては水たまりのようなものだろう。水のしぶきがあがり、九十九たちが隠れている木の陰にまで届く。シロの傀儡も警戒を緩めず、九十九を抱きしめたままだった。すぐに逃げられる体勢を崩さない。

緊張感の中、九十九は黒い結晶をにぎりしめる。

こんなところで、怪獣プロレスを見るなんて、思ってもいなかった。まるで映画の撮影、いや、ＣＧみたいだ。非現実的で、目の前の光景を受け入れられない。普段から神様を見ているのに。

九十九は、まだ神様というものを理解していないのかもしれない。

普段、自分が見ている神様は、彼らのほんの一側面。

「あ」

やがて、白い大蛇が、黒い大蛇の首に噛みつく。

黒い大蛇は苦しそうにのたうち回っている。白い大蛇は、その身体に絡みつき、強い力で締めつけていた。そうやって、じわじわと体力を奪って、抵抗できなくしていく。

しばらくして、黒い蛇が動かなくなった。神気も、ごく微少に感じられる程度だ。

九十九の身体から力が抜けていき、ちょっと安心しているのを自覚した。だが、まだ油断してはならない。

あの白い大蛇って……。

白い大蛇は頭を持ちあげた。そして、横たわる黒い大蛇に食らいつく。

「ひ……」

九十九は思わず、声を裏返らせる。

白い大蛇は、ぐったりとする黒い大蛇を頭から呑み込みはじめた。その光景に、九十九は口を押さえる。

蛇は獲物を絞め殺して丸呑みにすると聞いたことがあるけれど、実際に見ると……結構……なんとも表現しがたい。

「そうだ……燈火ちゃん！」

大蛇同士の戦いには決着がついたが、燈火を置き去りにしていた。

九十九は、燈火を視線で探す。すると、池の向こう側で、呆然と立ち尽くす燈火の姿が確認できた。

とりあえず、燈火が無事で安心する。

「あれって……？」

突然、道後公園に光が浮かびあがった。

白い大蛇の身体が、目映い光を放ちはじめたのだ。身体全体が光の塊となって、粘土のように形を変えていく。

どんどん小さく、そして、人の姿へと。

「ミイさん?」

白い大蛇が変化したのは、ミイさんだった。

ずっと、引っかかっていたのだ。道後公園で、あんな大きな蛇の伝説を残す神様の存在について。

九十九は、すぐにミイさんが思い浮かんだ。けれども、さきほど湯築屋で会ったミイさんが、黒い大蛇となって燈火を襲うなど信じられなかった。

白い大蛇がミイさんで……なら、あの黒い大蛇は?

「ミイさん……!」

ミイさんの身体から、ふっと力が抜けていく。

膝から崩れるように倒れていくミイさんに、九十九は叫びながら駆け寄った。

5

気を失ったお客様を湯築屋へ運び込むのは、何度目になるか。

ミイさんを連れ帰ってからの対応は、みんなテキパキとしていた。

「碧(みどり)さん、お部屋の準備をおねがいします……あと、八雲(やくも)さん。申し訳ないんですけど、公園の様子を見に行ってもらえませんか？」

指示を出すと、仲居頭の河東碧も、番頭の坂上八雲も、快く引き受けてくれる。

黒い大蛇の力によって、道後公園には人がいなかった。しかしながら、突如はじまった怪獣プロレスのせいで、何本も木が倒れ、池が破損してしまったのだ。

現在、宿泊中だった天照に頼んで修復中である。なんとか、朝までに元通りにしなければ、騒ぎになってしまう。女将の登季子も、人払いの術を施したり、道後温泉街の関係者に話をつけに走り回ったりしていた。

神様の力は強力だ。

破壊も再生もできてしまう。

太古から畏怖され、崇められてきた存在。九十九にとって、彼らは身近な存在だが、本来は人々にとって遠い存在である。

その力を、今回はまざまざと見せつけられた。

「湯築さん……」

ひとまず、燈火も一緒に湯築屋へ招いた。あのまま家に帰すのも不安だろうし、ミイさんから事情を聞くのに、彼女抜きにはできない。

「ここって……」

燈火は心細そうに、湯築屋の中を観察していた。九十九のうしろに、隠れるように歩いている。

「大丈夫だよ、燈火ちゃん。湯築屋にいるお客様は、みんないい神様だし、シロ様が守ってくれるから」

襲われたばかりなので、できるだけ恐怖を取り除きたかった。九十九は優しく笑いながら、燈火の手をにぎる。

燈火は、潤んだ瞳で九十九の顔を見返した。身体が震えて、感情が今にもあふれ出しそうだ。

「湯築さん……かっこよかったぁ……」

「え」

燈火はうるうると、瞳に輝きを宿しながら、九十九の手をにぎり返す。

「す、すごい……すごい、かっこよかった！　やばい……え、え、エモかったです！　サインください！」

「なんでそうなるの⁉　敬語やめて⁉」

燈火はなにかを勘違いしている。

大いに勘違いしている！

「闇夜に紛れて悪と戦う美少女と、美青年のバディ……最高でした！　ねえ、お札とか日本刀とか、武器はないんですか？　今日は使ってなかっただけですか？」

「ないよ！　ないから！　もう敬語もやめて！」

「写真撮ろうと思ったんだけど、速すぎてブレちゃったんだよね……」

「いやー！　消して！　消して！　ブレてても、消して！」

九十九は恥ずかしくて両手で顔を覆った。

そういえば、燈火は以前にも似たような勘違いを披露してくれた……あのとき、もっと強めに間違いを正しておけばよかったかもしれない。

「あと、湯築さん。ここの庭すっごく映えるから、インスタにアップしていいですか⁉」

「そ、それも駄目！　駄目だってば！　それから、敬語は嫌！」

湯築屋の庭は、たしかに綺麗だ。

温暖で雨が少ないという瀬戸内気候の特性もあり、松山には雪は滅多に積もらない。だが、湯築屋の庭には幻影の雪がある。池や庭木も整っており、シクラメンが咲く様は、たしかに美しい。

燈火の言うところの、「映え」だろう。

とにかく、九十九は「写真お断り！」と、キツめに忠告する。撮るだけならいいが、SNSに投稿されると後々困るのだ。

「しょうがない……でも、また戦うときは見学させてよね」

「戦わないから！」

ああいうのは、イレギュラーだ。九十九だって初めてで、まだドキドキしている。

それに、九十九はずっとシロに抱えられているだけだった。なにもしていない。

掌を見おろす。

黒真珠のような結晶が、九十九の手に残っていた。

結果的に、なんとかなったけれど、九十九の行動は褒められたものではない。ミイさんが来てくれなかったら、どうなっていたことか。危ない橋を渡った。

でも、初めて……この力を自分の意思で使った。

妙な充足感がある。しかし、驕ってはいけない。今回、九十九の行動は、危険すぎた。

「怪我はないか」

ふわっと、風が吹く感覚があり、遅れて姿を現す影。

九十九にとっては、もう慣れている。

「え、な、な……」

しかし、燈火にとっては、非日常だ。いきなり見知らぬ神様が現れて、混乱しているようだった。

「燈火ちゃん、こちらはシロ様。さっきの傀儡の中の人、いや、神様だよ」

説明すると、燈火はさらに目を真ん丸にした。

「……この前の？　え、湯築さんの旦那さんの？」

「う、うん。まあ……そう。旦那さんです」

「猫じゃなかったの？」

あー……あれは、使い魔だから……九十九は苦笑いした。どうやら、燈火は喫茶店に現れた猫こそ、シロの本体だと思っていたらしい。きちんと説明したつもりだったが、足りなかったようだ。

「九十九とは別の方向で、素朴な女子（おなご）だな」

それ、どういう意味ですかねぇ……九十九はニコニコしながらも、拳を震わせたが、燈火の前なので、ここは我慢だ。

「若女将、お客様のお部屋が整いました」

九十九たちが余計なやりとりをしている間にも、従業員は働いてくれていた。ありがたいことだ。ミイさんの部屋が整ったと、碧が報告する。

「碧さん、ありがとうございます。ミイさんは……？」

「まだ、お休みです。お部屋へ行かれますか？　お茶を運びます」

「そうですね、おねがいします」

九十九は碧の言葉に甘えることにした。もちろん、シロと燈火も一緒にいってもらう。

やはり、不可解だ。

九十九が引き寄せ、結晶にした神気。黒い大蛇が持つ禍々しい神気は、間違いなく、神様のものだ。堕神の瘴気とも異なる。神気と瘴気を併せ持つという、鬼とも違った。

ただ、強い念は感じる。

嫉妬や憎悪、怒り……目を背けたくなるような、黒く蠢く感情の塊だ。神様がこんなものに取り憑かれているなんて、九十九はあまり例を知らなかった。

もちろん、神様だって怒る。嫉妬や憎悪を募らせる神話は、いくつも残されていた。

でも、これは違う。

誰か別の人間が抱いた感情に、乗っ取られているような――。

「九十九」

ミイさんに用意されたのは、にぎたつの間だ。入り口に立つと、シロが九十九の肩に手を置いた。

「シロ様……あの黒い大蛇も、ミイさん……だったんですよね？」

問いの形を取っているが、ほとんど確信していた。

最初に燈火が狙われた件について、ミイさんに聞いたとき、「僕しかいなかった」と答えている。

それって、どちらの存在もミイさんだから？

二面性のある神様は多い。黒い大蛇は、ミイさんの一側面――村人を次々と呑み込んでいったという、荒ぶる神の顔だ。

ただ、どうして、あのような形になったのかわからない。

「それは、本人に直接聞いたほうがよかろうよ」

九十九の問いに、シロは答えなかった。

代わりに、にぎたつの間をそろりと開いてくれる。

「……………」

にぎたつの間は、湯築屋ではスタンダードな客室だった。畳の和室で、縁側の窓から雪景色の庭が見える。

中央に敷かれた布団のうえで、ミイさんが身体を起こしていた。


神様は、不変ではない。

時代や人々の意識によって、その在り方を変えていく。

ミイさんは、元来、荒ぶる大蛇であった。人々の怒りや恨みが集まり、具現化した妖だ。溜め込んだ負の感情にまかせるまま、人を喰い、村を破壊した。

性質が変わったのは、神として祀られてからだ。

人々は、ミイさんを鎮めるために社（やしろ）を作った。そこで初めて、神としてのミイさんが生まれたのである。

しかし、決してミイさんの性質が変わったわけではない。

人々の祈りを受け、神として祀られるミイさんが成立した一方、元来の粗悪な性質も残されていた。ミイさんは二つの側面を持つ神様として存在することとなる。

白い神と、黒い神。

新しく生まれた白いミイさんは、黒いミイさんを抑え込んで、自らを鎮めているに過ぎない。ミイさんは、岩崎神社の社で眠りにつき、人々に害を及ぼさせないという役目を全うしているのだ。

それが神様として、ミイさんが負う役割であった。

古来より日本では、邪な存在を祀ることによって、守り神へと転じさせてきた。けれども、それは祀り、信仰されることによって守り神としての側面が生まれたにすぎない。時間の経過とともに、融合していくものだが……ミイさんの場合は、二つの性質が交わらず、現在に至ったらしい。

だから、道後公園に現れた大蛇は、どちらもミイさんなのだ。

「黒いほうのミイさんは、どうして燈火ちゃんを襲ったんでしょうか？」

ミイさんの話が一段落して、九十九は疑問を口にする。

隣に正座する燈火も、不安そうにミイさんを見ていた。シロだけは、大して表情を変えない……知っていたのかもしれない。

九十九の質問に、ミイさんはしばらく黙り込む。彼はあまり口数が多くなく、ぼんやりとした様子で、受け答えにも時間がかかる。

やがて、ミイさんは燈火に視線を向ける。

「その子が持つ……それ」

「こ、これ？」

「その硯に、引き寄せられた」

硯と言いながら、ミイさんが示したのは、燈火のスマホだった。なるほど。硯に形や大きさが似ている。

燈火は、スマホを持ちあげながら、ぱちぱちと瞬きした。

「どういうこと……？」

「その娘のスマホに集まった嫉妬や憎悪の感情が引き金となったという意味であろう？」

シロがミイさんの代わりに補足して説明する。

あれ……？

なんだろう……九十九は、シロの説明に若干の違和感を覚えた。だが、上手く言語化できない。

「その娘は、ネットアイドルというやつなのだろう？　注目と嫉妬を集めやすい職ではないか？」

シロに言われて、燈火は口をもごもごとさせた。「あ、アイドルじゃないけど……」と、否定したいようだ。しかし、ネットで注目を集めるという点では、ネットアイドルもインフルエンサーも類似している。

燈火のスマホには、強い嫉妬の感情がまとわりついているようだ。

九十九も意識してみると、たしかに妙な気配がした。どろどろとしたなにかが絡みついている。

しばらく凝視していると、だんだん気分が悪くなってきた。これは人間の悪意だ。思わず目を背けたくなる。

燈火は近ごろ、SNSのために一人で様々な場所を散策していた。岩崎神社も訪れたらしい。

そのときに、スマホに集まった感情によって、黒いミイさんが呼び覚まされてしまった、と。ミイさんの説明は、こんなところだった。

解説したのは、ほとんどシロなのだが。

「相違なかろう?」

シロは、間違いがないことをミイさんに確認する。ミイさんは、しばらく考えていたが、遅れて「うん」とうなずいた。

「じゃ、じゃあ、ボクのせい? 強い嫉妬……かぁ」

スマホを見おろしながら、燈火は肩を落とした。

「燈火ちゃんのせいなんかじゃないよ」

九十九は、燈火を宥める。

ミイさん――いや、シロの説明は足りていない気がした。

いくら岩崎神社の場所が目立たず、多くの人が訪れないからと言って……長い時間の中で、強い感情に触れる機会など、いくらでもあっただろう。しかも、スマホ越しだ。燈火はたしかにインフルエンサーだが、それだけが要因とは、どうしても思えなかった。

けれども、シロはその説明で終わらせるつもりだ。

「………」

九十九は、言いたいことを呑み込む。

シロがどうして、こんな言い方をしたのか、おおよその予測がつくからだ。

「迷惑をかけてしまった」

ミイさんは改めて身体の向きを変え、燈火の前にきちんと座りなおした。ミイさんに見つめられて、燈火は緊張した顔で背筋を伸ばす。

燈火の手に、ミイさんは両手を添える。

「贖(あがな)わないと」

「ひ……そ、そんな、べ、べつに……ボクは……」

燈火が視線を泳がせる。脂汗(あぶらあせ)が浮かび、声が裏返っていた。緊張しすぎて、落ち着いていないのが、九十九から見てもよくわかる。

「こ、こんな綺麗な人に手をにぎってもらえたら、それで充分ですッッ！」

神様に耐性がないせいか、燈火はそう叫んで目を閉じた。そんな燈火を、ミイさんは真剣な面持ちで見つめる。

「手をにぎっていればいいの？」

ミイさん、たぶんそうじゃないと思います！　九十九は苦笑いした。

燈火は、誰かに手をにぎられたり、見つめられたりするのには慣れていないはずだ。コミュ障を自称しているのは、伊達ではない。ましてや、相手は神様。絶対に気が動転している。

「なら、嫁に」

ミイさんの言葉に、一同固まった。

燈火だけが口を半開きにして、「へ？」と聞き返す。

「僕の嫁にする。それなら、君の手をいつでもにぎれる」

「え……」

発言したミイさんは、至極真面目だ。それだけに、その言葉が持つ破壊力はすさまじかった。

「謝罪の方法があってよかった」

ミイさんが、初めて微笑んだ。

一瞬、空気が和やかになり、「これで全部解決した」というムードが漂う。

「いやいやいや、駄目ですよね。ミイさん、神様なんですから！」

思わず、九十九は声をあげてしまった。そんな九十九にミイさんは、キョトンと首を傾げる。

「なぜ？」

純粋すぎる問いに、九十九は口ごもる。

「なぜって……」

「君と彼女、なにが違うの？」

自分のことを引き合いに出されて、九十九はなにも答えられなかった。九十九はシロの巫女で妻だ。神様と婚姻を結ぶ人間のお手本みたいな存在だった。

一方、燈火はほとんど一般人だ。最近まで、神気についての知識もなく、神様とのふれあいも少ない。いきなり、神様と結婚だなんてハードすぎるではないか。

「燈火ちゃん、ごめんね。ミイさんは、わたしがなんとか説得……」

「ひゃ、ひゃい……」

九十九は、燈火に断りを入れようとする。だが、燈火は弱々しい声をあげた。

今、返事しちゃった……？

「ぼ、ボクで……いいんです、か……？」

燈火は目をぐるんぐるん回しながら、そう答えていた。本人もわけがわかっていない。混乱しているのは一目瞭然だ。正常な判断ができていない。

それでも、頬を赤くしながら、ミイさんの手をにぎり返していた。

九十九には、「その手を離して」とは、言いにくい。燈火は明らかに混乱しているが、ミイさんに好意を抱いているように見えたからだ。

好意と呼ぶには、早いかもしれない。ただ、興味はあるのだと思う。

「まあ、慌てるな」

妙な空気を破ったのは、シロの一声だった。

シロはミイさんと燈火、双方に視線を向ける。

「この娘は、我が妻と同じく学業を修めている最中だ。主婦業は、本来、給金を支払うほどの労働であると、テレビで言っておった。しばらくは、交際でよいのではないか？」

シロ様が！　まっとうなこと！　言ってる！

九十九は予測しなかった光景に、表情を固まらせた。一方のシロは、得意げだ。「儂が先輩としてアドバイスしてやろう」という雰囲気だ。かっこいいのか、残念なのか、微妙にわからない。

シロの言葉を受けて、ミイさんは「なるほど」と相槌を打った。燈火も、「た、たしかに」と納得している。

今度こそ、「なんとなくこれで終わり」というムードになった。

けれども、冷静に考えると、燈火とミイさんがおつきあい……大丈夫だろうか。ミイさんの動機は「謝罪したい」だし、燈火は神様についてあまり知らない。

しかしながら、恥ずかしそうにうつむく燈火と、ぼんやりした表情で笑い返すミイさんのペアは、まんざら悪くない気もする……。

明らかに歪(いびつ)で、あやふやな関係なのに。

今は……見守っていればいいのかな……？

不安もあるが、そればかりでもないと感じる。

6

湯築屋に降る雪は幻影だ。

それでも、触れれば溶けていく。冷たさは感じず、塵(ちり)のように消えた。

松山は温暖で雨が少ないため、滅多に雪が積もらない。結界の外で、初めて雪に触れたとき、幼い九十九は驚いて声をあげた。そして、冷たい雪にいっぱい触ろうと、両手を広げて走り回り、結果、風邪を引いてしまった。

湯築屋の露天風呂にも雪が降る。九十九は湯船に落ちる雪を、ぼんやりとながめた。白い雪は、舞うように水面（みなも）へとおりてきた。しかし、湯に触れた瞬間、消えていく。見慣れた幻影だ。

白い湯気が立ち込め、視界が悪い。身体を動かすと、水面に緩やかな波が立った。

ひたひたと、湯気の向こう側から足音がする。

九十九は顔をあげて、浴場を歩く人物が近づくのを待った。

「あら、つーちゃん。まだ入っていたのかい？」

カラリと笑ったのは、登季子の声だ。

今日は道後公園の件で、登季子にも迷惑をかけてしまっている。あのあと、無事に天照が公園を修復したと聞いて、ほっとした。

「うん」

雪をながめていたら、ちょっと時間が経っていた。湯築屋は、道後温泉の湯を引いている。温度調整も、本館と同じで熱めだった。あまり長湯をすると、湯あたりするかもしれない。

九十九は、登季子と入れ替わるように、湯船から立ちあがる。

しかし……足を止めた。

「あのね、お母さん」

胸の中で、ずっと引っかかっている。

「なんだい？」

登季子は湯に足だけ浸かり、九十九の隣に座った。九十九も、登季子と同じように座る。ずっと湯の中だったので、ごつごつとした岩が冷たくて気持ちよかった。

「わたしに、術を教えてくれませんか？」

登季子からの指南は、大学を卒業してから。そういう約束だった。

現在、九十九は夢の中で、初代の巫女・月子（つきこ）からの修行を受けている。主に、神気の流れを理解して、天之御中主神の力を使えるようにするためだ。

シロと表裏の存在である天之御中主神と、湯築の巫女の関係は複雑だった。九十九はシロの巫女ではあるが、天之御中主神のものではない。だが、その力の一部を借り受けることはできる。

代々の巫女が、天之御中主神の力も使ったという。だから、九十九も先代たちに倣（なら）って、月子に教えを請（こ）うている最中だ。

けれども、湯築の巫女が扱う天之御中主神の力は……いわば、鍵だと知った。

シロは湯築屋の結界という役割を持った神様だ。

その結界――檻を開ける鍵が、天之御中主神の力。つまり、シロを抑える、あるいは、天之御中主神の力を解放するためのものだ。

もちろん、神様ほどの強大な力はない。だが、万一、結界が揺らいだときの保険となる。

そういう性質だった。

ある意味、シロの巫女としては当然持つべき能力だ。シロという神様の成り立ちは歪だ。

月子が継ぎ手を担う理由もわかる。きちんと身につけるべきだろう。

だけど。

この力では、シロの役には立てない。

「わたし、シロ様の力になりたいんです」

道後公園での騒動で、九十九はなにもできなかった。シロがいなければ、怪我をしていただろう。

それに――。

「シロ様はなにも言ってくれなかったけど……わたしだって、馬鹿じゃないんです。今回のこと、たぶん……」

わたしのせいだ。

シロは誤魔化したけれど、今回、事件の引き金となったのは、九十九が原因だ。

おかしいではないか。

岩崎神社で眠っていた黒いミイさんが、いまさら動き出すなんて。強い感情に引き寄せられたと言うが、今までだって、そんな人間が近づく機会はあったと思う。

しかも、ミイさんには二面性があるが、一柱の神だ。

白いミイさんと、黒いミイさんが分離したのには理由がある――九十九の力が、黒いミイさんを引っ張ってしまった。

九十九が、ミイさんを引き寄せてしまったのだ。

神様の力を引き寄せるという、九十九の神気が影響している。

神気は気配としてその場に残留することが多い。もちろん、触れたものにも。

燈火のスマホを、九十九が触る機会はあった。大学で落としたのを拾った記憶も蘇る。

スマホに残留した九十九の神気と、ＳＮＳを通じて集まった黒い感情が複合して、ミイさんに影響を与えた。

こう考えるのが自然だろう。

だから、あれは九十九の引き起こした事故だ。

シロはそれを悟られないよう、わざと話をそらしていた。

いずれわかることなのに……シロは九十九に隠したがる。けれども、彼自身は隠しごとが上手ではない。

本当に不器用な神様だ。

「つーちゃんに術を教えるのは、学校を卒業してから。これは、大学に入るときも相談したよね」

「はい……でも、それでは遅いと思いました」

「仮に、あたしが術を教えたとしても、その神気の特性をどうにかする方法は別の問題だよ。わかってる？」

登季子が教えるのは、シロの力を依り代におろして駆使する術だ。退魔の盾のような術を、複数使えるようにする。

決して、天之御中主神との関わりによって、変質してしまった九十九の神気を制御するものではない。直接の対処にはならなかった。

天之御中主神が力を制御するための肌守りを授けてくれたが、それも充分ではない。九十九が自分で、力をコントロールしていくのが一番だ。

「わかってます。この力は、わたしがなんとかするものです。でも……少しでも、なにかできるように……せめて、誰の足も引っ張りたくないから……」

変質してしまった神気に振り回されず、制御することが最優先だ。

「そのためにも、わたしは早く一人前の巫女になりたいです」

総合的な力を高め、一人前になりたい。

なにか起きたとき、誰かに頼ってばかりでは駄目だ。

九十九は一生懸命に、若女将をやってきた。しかし、湯築の巫女という役目を、まだ満足にこなしていない。

「おねがいします」

九十九はていねいに頭をさげる。冷静に考えれば、お風呂から出てからでもよかったかもしれないけれど、思い立ったら行動したかった。

長い沈黙のあとに、やがて登季子のため息が聞こえる。

「わかった」

九十九が顔をあげると、登季子は微笑みを返した。

「シロ様がなんか言うかもだけどね。そんときは、あたしがスプレーでも撒いておくよ」

「お母さん、アレルギーはフリだったんだよね……？」

「黙らせたいだけなら充分さ」

シロは九十九に発現した「引」の力を、快く思っていなかった。今回だって、見え透いた方法で隠そうとしている。シロが口を出すのは、あり得る話だ。

「もともと、卒業してからって約束も、つーちゃんにきちんと進路を選んでほしかっただけだからね」

登季子は、湯築の巫女になるはずだった。

けれども、シロの妻にはならなかった。

幸一との結婚を選び、普通の女性として生きる——そんな選択をしたのは、登季子が初めてだ。

だからこそ、登季子は九十九に負い目を感じていた。登季子と違って、九十九には選択肢が与えられていない。

それでも、登季子は九十九にできるだけ自由に生きてほしいと望んでいる。修行よりも学業を優先させるのは、そのためだ。

九十九だって、わかっている。

登季子は、決して九十九を甘やかしているわけではない。むしろ、九十九のわがままで、登季子の優しさを無下にしているのだ。

「ありがとう、お母さん……ごめんなさい」

そう、目を伏せる九十九の頭を登季子がなでる。

「あたしは、あんまり母親らしくないからね」

登季子は湯築屋にほとんどいない。だが、九十九は登季子が母親らしくないとは思ったことはなかった。いつも活発で頼もしいお母さんだ。

「しばらく、湯築屋に残るよ」

登季子は言いながら、九十九の身体に手を回す。すっかり油断していた。不意に抱きつかれて、そのまま湯船に滑り落ちる。ザプーンッと、いい音を立てながら。

「お、お母さん!」

「あーははは。こういうの久しぶりじゃないか」

登季子は笑って、湯を九十九の顔目がけて飛ばしてきた。直撃を受けて、九十九は「ぶべっ」と不細工な声をあげてしまう。

「も、もう！」

こうなったら、応戦だ。九十九は平手で、水面をバシバシ叩く。弾け飛ぶ湯が、登季子の顔へとふりかかった。

親子と言うより、友達とのお風呂だ。

でも……登季子と、こんな風に笑えるのが久しぶりで、なんだかとっても楽しかった。

♨　♨　♨

人は変わらぬ生き物だ。

されど、変わっていく生き物でもある。

短い期間に、目覚ましい変化を見せ――いなくなっていく。

湯築屋で、一番高い場所。ずっとそこに在り続ける大樹の枝で、シロは息をついた。独り考えごとをする際は、たいていこの場所だ。

季節によって、桜だったり、銀杏（いちょう）だったり。そのときどきによって趣が違うが、場所は同じだ。否、これもシロの幻影の一つなので、変化させようと思えば、好きにできる。

クロガネモチが赤い実をつけていた。

そういえば、幼いころの九十九は、「クリスマスの木！」と呼んでいたか。赤と緑の色合いが、まさにクリスマスカラーだからだろう。リースの素材にも使われる。

そんな風に無邪気に笑って、シロの尻尾で戯れるのが九十九の日常であった。膝にのり、お菓子を一緒に食べたり、昼寝をしたり。

いつから、九十九はシロの尻尾で遊ばなくなったのか。膝の上にのせようとして、拒まれたのは何歳か。

あっという間に、「女」と呼べる歳になってしまった。

シロにとっては、一瞬なのに。

その間に、九十九はすっかり変わった。


――わたしに、術を教えてくれませんか？


シロは湯築屋の主であり、結界そのものでもある。無意識的に、湯築屋での会話やできごとは、すべて把握していた。無論、「聞くな」と言われれば遮断する。

盗み聞きするつもりはなかったのだが、九十九の発言にシロは驚いた。

そして、脱力する。

九十九はシロの巫女だ。シロが庇護するのは当然で、役に立ってほしいなどと考えたこともなかった。

今回だって――九十九が悩む必要などないのだ。彼女はシロに守られて、笑っていればいい。

だが、シロが上手くやれていない自覚もある。

九十九の変化から目を背け、八股榎大明神の堕神を活性化させてしまった。あまつさえ、天之御中主神を結界から出さざるを得ない始末だ。

今宵も、九十九に悟られた。

だから、あんな風に危険へ飛び込ませることになったのだ。


――わたし、シロ様の力になりたいんです。


要らぬ。その必要などない。

九十九を庇護するのは、シロの役割だ。九十九がシロの力になろうなどと、考えなくてもいい。

九十九は変わっていく。

神気だけではない。

どんどん、シロの知らない一面を見せるようになっている。

シロは——ずっと変われないのに。

神となってから、なにも変わっていない。

ただ、この結界とともに存在し続けるだけ。


——天之御中主神様と……一度、話し合いませんか？


その必要はない。

永いときを過ごしたシロにとって、それは無意味な提案だ。いまさら、なにも変わらぬし、変われない。天之御中主神と対話したところで、なんになる。

必要ない。

ただ……。

力になりたいとねがう、九十九の気持ちを無下にするのは、苦しかった。

あれは頑固な娘だ。シロが拒めば落ち込むだろう。

そして、また別の方法でぶつかってくる。そういう娘だ。

そこが愛しくもある。

だから……九十九のねがいを見守りたい気持ちも強い。彼女の好きなようにさせてやりたくもある。

「儂は間違っておるのか」

額に手を当て、浅く息を吐く。

考えはまとまらず、ただ悶々（もんもん）と巡るだけ。

愛、それぞれの距離

1

湯築屋（ゆづきや）を利用する神様の目的は、観光ばかりではない。

けれども、このようなご利用を、九十九（つくも）は初めて聞いた。

「ねえ、ワカオカミちゃん。どうかしら？　似合う？」

ふふ、と笑いながら、その場で一回転してみせたのは、ギリシャ神話のオリュンポス十二神。愛と美を司る女神、アフロディーテだ。

純白のドレスが、ふわりと舞いあがる。

豪奢（ごうしゃ）でありながら、妖精（ようせい）のように軽やか。まるで、花弁をまとっているみたいだった。きゅっと引きしまったウエストや、豊満な胸のラインが描く美しい曲線には、思わずため息が漏れる。

アフロディーテが着ているのは、ウェディングドレスだった。

足元は素足のまま。蜂蜜（はちみつ）色の髪も結わずに、背中へ流しているだけだ。場所も純和風の客室である。

単なる試着。それなのに、こんなにも魅せられるなんて。

ウェディングドレス姿のアフロディーテは、本当に綺麗だった。

「お綺麗です……」

九十九が放心しながら答えると、アフロディーテは少しだけ唇を尖(とが)らせた。

「さっきから、答えが同じよ。あたしは、ドレスを一緒に選んでほしいのに」

「も、申し訳ありません……でも、本当にどれもお綺麗で……」

「当たり前でしょう？　あたしは、美の女神だもの。かつては、この身を巡って男たちが争ったものよ」

アフロディーテは当然の態度で、胸に手を当てた。嫌みはまったくなく、本当に自然だ。美貌(びぼう)に絶対の自信を持ち、そして自覚している。

「今だって、その気になれば戦争の一つや二つ引き起こせると思うわ」

「……戦争されたら困りますよ」

「ジョークよ。ギリシャ(あっち)だと、ウケがいいんだけど」

「はあ……」

九十九は今、アフロディーテのウェディングドレス選びを手伝っていた。

アフロディーテは、湯築屋の常連客である。

最初の来館は、駆け落ちだった。ジョー・ジ・レモンという世界的なロックミュージシャンと恋に落ちたが、母親であるヘラ神が恋仲を認めてくれなかったのだ。

ジョーは、生前に伝説的なロックスターとして、多くの人々を熱狂させた。その人気は宗教にも匹敵するほどだろう。事故で亡くなったあと、ジョーは神となった。

似た成り立ちの神様は近年増えている。けれども、古くから存在する神の一柱として、ヘラは二柱の交際を認めたくなかった。

女将・登季子（ときこ）の取り計らいで、無事に和解したが……あのときは、どうなることかと。今では、ときどき湯築屋に顔を出してくれている。もちろん、ゼウスとヘラの公認で。

そんなアフロディーテとジョーが、突拍子もないことを言い出したのだ。

「せっかく、ジョーと結婚式を挙げるのだから、うんと美しくならなきゃ」

交際からの結婚は、わかる。美の女神とロックスターの式だし、派手にしたいのも理解できた。

けれども、アフロディーテたちが計画したのは、世界各地での結婚式だったのである。

彼らは、ここ二年でいろいろな国を旅したらしい。気に入った場所で、派手に挙式したいそうだ。聞いただけでも、百カ国も候補地があった。

その式で着るドレスを、今、一着一着選んでいるというわけだ。もちろん、すべて違うデザインで。

「これ、とてもいいのだけれど、三十七着目に試したのと似たようなデザインね。こんなんじゃ、ジョーに笑われちゃうわ」

「そ、そうでしたっけ……？」

九十九は、スマホの写真を見返す。今回の試着は、すべて撮影していた。

「ほら、胸に羽根が縫いつけてあるのが同じよ」

「言われてみれば……」

九十九は苦笑いする。

そもそも、アフロディーテに似合わないドレスが存在しなかった。どのドレスを選んだとしても、絶対に失敗がないだろう。

着る者が美しすぎるのだ。さすが、美の女神と讃えられるだけはある。どんなドレスをまとっても、必ず、主役はアフロディーテだった。

ウェディングドレス選びならお役に立てると思ったが、これはなかなか難敵だ……。

ちなみに、ドレスは全部、ジョーの知りあいがデザインしたらしい。最近、病死した有名なデザイナーだと聞いた。まさか、本人も神様になったうえ、アフロディーテのドレスをデザインすることになるとは、夢にも思わなかっただろう。

「こういうのは、新郎と選ぶのではないでしょうか？」

結婚式を挙げるのはアフロディーテとジョーだ。なら、二人が納得するドレスを選んだほうがいい。

婚姻は、家同士が結ぶもの。そういう側面が強いが、アフロディーテたちの結婚式は、二人のために挙げると聞いた。とても現代的な考え方だ。さすがに、全世界で何回も挙式するのは、行きすぎだと思うけど。

「ジョーは、式場を探してくれているの。数が多いから、効率的にね」

アフロディーテは、スパッと言ってのける。そこで効率化を考えるのも違うような気がするが、このカップルらしい。

「ふふ。人間の結婚式、やってみたかったの。あたしってば、祈られる側でしょ？　新鮮よね！」

「たしかに、神様だとそう思われるんですね」

「ええ、誰かを祝福してばっかりよ！　まあ、うちは教会じゃないんだけど」

自由奔放に恋をして、行動するアフロディーテ。

九十九には、うらやましく映った。

もちろん、九十九だって好きなことをしている。嫌々させられているとは考えていない。シロとの結婚や、湯築屋での仕事は強制だったかもしれないけれど……それでも、九十九は自分で選んで、ここにいる。

九十九が憧れているのは、もっと別の部分。アフロディーテたちの、何ものにも縛られない、柔軟で自由な在りようなのかもしれない。

「日本でも挙式されるんですか?」

「ええ。せっかくだから、マツヤマでも挙げようと思っているわ」

九十九の問いに、アフロディーテはにこりと返してくれる。

「気に入っちゃった。ワカオカミちゃんのおかげよ」

「え、わたし……？」

「だって、ジョーとあたしが、ママに認めてもらえた場所だもの」

九十九はなにもしていない。あれは湯築屋でお客様を引き合わせた登季子の手腕だ。けれども、アフロディーテは九十九にお礼を言ってくれている。ちょっと複雑だった。

「でも、式場が決まらないのよね。教会なんて、他の国にもあるじゃない？」

アフロディーテは、頬を片方ふくらませながら腕を組む。

たしかに、世界中で式を挙げるなら、日本は教会である必要がない。

「神前式はどうでしょうか？」

この際、新郎新婦が神様であるという前提は置いて。そもそも、教会での挙式だって、「神様が神様に誓う」という、わけのわからないものになっている。

「それって、キモノ⁉　キモノの結婚式やりたいわ！」

「はい。白無垢（しろむく）という着物です。場所は神社が一般的ですから、他の国とも差別化しやすいんじゃないでしょうか」

「ええ！　それいいじゃない。あたし、それがいいわ。ワカオカミちゃん、いい場所知ってるかしら？」

と言っても、九十九は結婚式未経験者だ。あまりの食いつきに、一歩退いてしまった。

「椿神社――正式には、伊予豆比古命神社など、人気ですよ」

「そこって、松山城は見える？」

問われて、九十九は椿神社の立地を思い出す。「お椿さん」の愛称で知られる椿神社での挙式は人気が高い。

「いえ……見えませんね」

ただ、松山城の勝山からは距離があり、車で移動しなければならない。

「なぁんだ……ジョーが気に入っているから、松山城が見えたほうがいいのだけど」

「なるほど……」

以前に、アフロディーテたちを案内した二之丸史跡庭園などは、結婚式の前撮り写真を撮影するのに人気のスポットだ。和風の庭園では、季節折々の写真が楽しめる。悪くはないが……。

「あ、萬翠荘」

九十九は思いついた場所を述べる。

「あの、神前結婚式って言ったあとで、アレなんですが……こことか、どうでしょう？

人前結婚式になっちゃいますけど」

見せたほうが早い。九十九は、スマホで検索した。

萬翠荘は、松山城の麓にある。大正時代に建設されたフランス風の洋館で、大正浪漫を味わえるスポットとして人気の観光地だ。国の重要文化財にも指定されている。戦争で焼け落ちることもなく、当時の建物がそのまま残っているのもポイントが高い。

ここでの結婚式も可能で、前撮りにも使用される。

ただ、アフロディーテは西洋の女神だ。本場の洋館やお城、教会のほうが大きくて豪華だろう。日本の洋館は見劣りするかもしれない。

現に、「ふぅん……？」と、やや反応が薄かった。やはり、着物がいいようだ。

「えっと、そうですね……そうだ。アフロディーテ様、着物ドレスにご興味はありますか？」

九十九は思いつきで、スマホを再び操作した。

「キモノドレス？　キモノ？　キモノは好きよ！」

着物の単語を聞き、アフロディーテが再び前のめりになった。

「着物を、ドレスにリメイクするんです」

「和装ドレス」という呼び方もするが、アフロディーテには「着物」と言ったほうが受け入れられやすいだろう。

着物の生地をドレスとして仕立てるのだ。帯や着物の伝統的な模様をそのまま活かしたドレスにする。

検索した画像を見せると、アフロディーテの表情がパァっと明るくなった。

「すごいじゃない！」

「はい。アフロディーテ様は、こういうのお好きじゃないかと思いまして……それで、この着物ドレスなら、神社よりも洋館のほうが雰囲気も出るのではないでしょうか？ ここ、お庭は日本庭園の様式も取り入れているので、和洋折衷が楽しめますよ。古くからの日本文化もいいですが、ジョー様は新しいことがお好きのようですし、なにより松山城の近くです」

「たしかに。ああ、この帯の形なんか、最高に可愛いわ。あたしにも、似合うかしら？」

「きっと似合いますよ。アフロディーテ様は、なにを着てもお綺麗ですから」

「そうね。愚問だったわ」

アフロディーテはウインクしてみせた。

「こういうの、いいわね。早速、ジョーに連絡してみるわ。ありがとう。ワカオカミちゃんに相談してよかった」

「いえ、わたしはなにも。お役に立てて光栄です」

知識を組みあわせて提案しただけだ。ただの思いつきが、たまたま嵌まっただけである。

それでも、アフロディーテは満足してくれた。九十九のスマホを借りて、「何色がいいかしら」と、着物の柄を選んでいる。

「んー……でも、そろそろ疲れてきちゃったわ。休憩したいかも……あ、そうだ。ワカオカミちゃんもドレスを着てみなさいな」

「へ？」

なんの脈絡もなく、アフロディーテは九十九の手を引いた。今、休憩したいと言っていたばかりではないか。どうして、九十九がドレスを着る流れになるのだろう。

「いやいやいや。わたしは、いいです……！」

「いいです？　イエスね！」

そうじゃないー！

日本人の「いい」は使い方が面倒くさい。とはいえ、この場合は、アフロディーテがわざと間違えた気もする。

「いいじゃないの。たまには、キモノ以外も見たいわ。きっと、パパもメロメロよ」

「そ、それは、普通に困るのですが」

アフロディーテの父神ゼウスは、浮名の多い神様だ。妻のヘラは嫉妬深く、彼の愛人に幾度も神罰を下してきた。最初に湯築屋へ訪れたのも、夫の浮気を心配したからだ。九十九もヘラから誤解されて、危うく八つ裂きにされるところであった。

「ワカオカミちゃんは、綺麗よ。もっと自信を持ちなさい」

言いながら、アフロディーテは、ウェディングドレスを一着手に取る。そして、九十九の肩に布を当てた。

その瞬間、臙脂（えんじ）の着物が消えてなくなる。

代わりに、純白のドレスの裾が足元に落ちた。

ふわふわと、薔薇（ばら）の花びらみたいに広がるドレスは、思っていたよりも重い。肩と胸元が大きく開いたデザインが恥ずかしくて、九十九は「ひ……」と両手で自分の身体を隠した。

「髪も」

アフロディーテが簪（かんざし）を外すと、九十九の髪が整のう。毛先がふわふわの巻き毛になっており、すごく大人っぽい。

「ほら、ちゃんと見て」

アフロディーテは、九十九の頭に薄いベールをのせた。肩に両手が置かれると、自然と九十九も前を向いてしまう。

「綺麗でしょ？」

姿見には、知らない女性がいた。

こ、これ、わたし……？

鏡に映る自分の顔は、見慣れているのに、ウェディングドレスをまとった九十九の姿は、まるで別人であった。

顔立ちは、そのままだ。体型にも変化はない。しかし、今の九十九はブライダル雑誌のモデルさんみたいに……綺麗だった。

無論、アフロディーテには敵わない。けれども、本物の花嫁のようで、胸がドキドキとした。

「よく、女は化けるなんて、人間は言うわね」

アフロディーテは魅惑的に笑いなら、九十九の唇に指を触れた。すると、プルンとピンク色の可憐なリップが引かれる。

「違うのよ。化粧や衣装が、女の魅力を引き出しているの。今、鏡にいるのが本当のワカオカミちゃんよ」

「本当の……？」

シロや神様は、九十九をよく「美しい」と褒めてくれる。それは、神様が本質を見るから——九十九の心根が美しいからだと聞かされた。容姿の話ではない。

だが、アフロディーテは九十九の容姿を示して、にこりと笑う。

「だから、もっと自信を持ちなさい」

アフロディーテの声は優しく、子守歌のようだった。

「……は、はい」

なぜか、背筋が伸びる。

そうすると、心持ち呼吸も楽になった。

初めて、九十九は自分の姿を、いつまでもながめていたいと思ったのだった。

2

結婚式かぁ……。

九十九は、昼間に着たウェディングドレスの感覚を思い出す。まるで、魔法をかけられたような心持ちであった。

まだドキドキしている。

シロとの婚姻の儀は、物心つく前に済まされていた。それぞれ、御神酒(おみき)に口をつけて結婚を誓いあったそうだが、九十九は覚えていない。

「つーちゃん、集中！」

「へ？」

注意されたときには、九十九の目の前に光る物体が迫っていた。とても避けられる速度ではない火弾だ。

逃げなきゃ。そう思っても、身体はなかなかとっさに動かない。

「────ッ」

逃げるつもりが、目を閉じ、身をグッと縮こまらせてしまった。

「どうしたの、つーちゃん？」

これは駄目だ……そう自覚しながら、九十九はゆっくりと目を開いた。火弾は消えており、代わりに仁王立（におうだ）ちする登季子の姿が見える。

「ご、ごめんなさい」

九十九のわがままで、登季子との修行がはじまった。

毎日、旅館の仕事を終えたら、庭で鍛錬している。それなのに、九十九は集中力を欠いていた。これは完全に九十九が悪い。

修行と言っても、いきなり新しい術を覚えたりしなかった。

まずは、今まで使ってきた術の応用と増強。退魔の盾を自由に扱えるようにする訓練からはじまっている。

今は、登季子が出した火弾を、盾で防ぐ練習だった。大きな盾を一枚出現させるのではなく、小さな盾をピンポイントで瞬時に出せるようにする。そうやって、力の省エネと強度の補正を行うのだ。

こんな使い方、九十九は思いつかなかった。

最初は苦労したが、だんだん慣れてきた頃合いだ。ゆえに、雑念が入ってしまったのかもしれない。

「集中できないなら、今日はやめようか」

「い、いえ、ちゃんと……」

登季子の提案に、九十九は首をふる。

「いいや、今日はお開きだよ。危ないもん」

登季子は両手をクロスして却下する。こうなると、もう続行はしてもらえない。九十九はヘナリと、その場に膝をついた。

「それで、なに考えてたの？　悩み？」

そんな九十九に、登季子は手を差し出した。九十九は、つかんで立ちあがる。

「悩みじゃないけど……お母さん、結婚式ってどんなだった？」

九十九からの質問が意外だったのか、登季子は目を見開いた。そして、気まずそうに顔をそらす。

「あたしとコウちゃんの結婚式かい？」

「うん」

アフロディーテのドレス選びを手伝ったせいか、九十九は結婚式に興味を持っていた。

自分の行った儀式を思い出せないので、他人の体験談を聞いてみたい。

「あー……実は、やってないんだよね」

登季子は、アハハと頭を掻きながら答えた。

「やってないの……？」

「うん、そんな暇なくてさ！」

登季子は何気なく言ったが、九十九はとっさに返事できなかった。

暇がなかったわけではない。

登季子は、巫女に選ばれた身でありながら、シロとは結婚しなかった。幸一との結婚を選択した――それは、湯築では初めてだった。シロは登季子の行動を許したが、周囲は反発し、やめていった従業員もいた。

九十九にだって、登季子はずっと負い目を感じていたと告白されたことがある。登季子の選択は、巫女の役割を九十九に押しつける行為だ。

そんな状態で結婚式なんて、できるはずがない。

九十九の質問が悪かった。

「そっか。変なこと聞いちゃった」

ここで九十九が暗い顔をすれば、登季子が気にしてしまう。せっかく誤魔化そうとしてくれたのに。

九十九はなにごともないかのように、笑顔を作る。

「あ、女将！　若女将っ！　大変ですっ！」

ぴょこぴょこ、と。

庭にいる九十九と登季子を、甲高い声が呼んだ。子狐のコマが、両手をふって縁側で跳ねている。

「どうしたの？」

問うと、コマは慌てた様子で左右に走った。まさに、右往左往。

「師匠が……師匠が……」

「将崇君が、どうかしたの？」

なにか深刻な状況だろうか。九十九はキリッと気持ちを切り替えた。修行では雑念だらけだったのに、旅館業務になるとスイッチが入るのは……もうこれは、癖かなぁ……。

「テレビの飴細工が綺麗だったのでお見せしたら、『これくらい、俺にも作れるんだぞ！』って……張り切ったのはいいんですが……」

コマは声を震わせながら、耳をペコンとさげる。

「大きな飴細工のタワーが、お部屋で倒れちゃったんですっ！　お部屋が飴だらけで、大変なんですっ！」

それはたしかに大変だ。だが、非常事態だと思っていたせいか、九十九はついプッと笑みを漏らしてしまった。登季子も同じだったみたいで、声をあげて笑っている。

「わかったよ、コマ。お掃除手伝うね」

「ありがとうございますぅ……」

このあと、手が空いている従業員たちで、将崇の飴細工を片づけた。失敗作となってしまったが、完成品が気になるくらいの大きさで……少し食べた飴は、とても甘くて美味しかった。

3

「嫌よ。今日は、ワカオオカミちゃんと女の話をするの！　稲荷神さんは、お留守番していてもらえるかしら？」

と、きっぱり。

アフロディーテが、シロに言い放ったのだった。

「な、なんだと……⁉」

案の定、シロはショックを受けている。

今日はアフロディーテの式場探しを手伝う約束をしていた。もちろん、萬翠荘の見学だ。もう電話で予約も入れてある。

そこに、シロは傀儡でついていくつもりだったようだ。

「あはは……ほら、シロ様がいると、新郎と間違われちゃいますし」

「儂と九十九の結婚式の下見ではないのか」

「違いますってば。お客様の結婚式です。それに、わたしとシロ様は婚姻の儀を終えているんでしょ！」

九十九は諭すが、シロはブーブーと唇を尖らせていた。どうしても、九十九たちと一緒に行きたかったようだ。

「どうせ、使い魔でついてくるんですよね……」

「使い魔だと、九十九と一緒感が薄いのだ」

「一緒感って……」

一理あるが、お客様の希望だ。しょうがない。

たしかに、お客様は神様だ。外出は、なにかあるかもしれないので、シロも同行したほうがいい。しかし、アフロディーテは常連様で、松山にも慣れてきている。希望通り、九十九だけでも構わないと思う。

九十九は充分に考えたうえで、

「じゃあ、いってきます！」

「九十九ぉぉぉおおお！」

シロを置いて、アフロディーテと二人で萬翠荘へと向かった。

と、いうことで。

九十九とアフロディーテは、萬翠荘の見学へ来ている。

萬翠荘は松山城の麓に建っている洋館だ。

坂の上の雲ミュージアムへ続く道を、さらに奥へと進んだところにある。木々に囲まれ、静かな雰囲気だ。フランス・ルネッサンス様式の外観が、周囲の景色と妙に調和しており、街の真ん中だというのを忘れてしまいそうだ。

「ふうん。思ったより、綺麗なのね。小さなお城みたい」

「今回の式は、身内だけの人前結婚式ですから、ぴったりですね」

式にはゼウスとヘラ、湯築屋の従業員が参列する予定だ。あとは、近くにいる火除け地蔵やお袖さん、椿さんなどにも声をかけていた。あくまでも、こぢんまりとした式にするつもりだ。大きな式場よりも、アットホームでいいと思う。

ちなみに、アフロディーテの服装はピッタリとしたTシャツとデニム。身体のラインがよく出てセクシーなのだが、前面には「刺身にたんぽぽ載せる仕事」と書いてある。

オリュンポス十二神は、やはりTシャツ芸をしなければならないのだろうか。いつ来ても、よくわからないTシャツを着ていた。

「あれ。ねえ、見て。ワカオカミちゃん。あそこにソウリョがいるわ。ここは、ソウリョが式をやってくれるのね！」

「へ？　そうりょ？」

一瞬、漢字に変換できなかったが、僧侶だ。お坊さん？

萬翠荘は宗教施設ではない。お寺のお坊さんが歩いているとは思えなかった。

アフロディーテの指さす先を、九十九は視線で追う。

萬翠荘の入り口には、人力車が展示してある。皇族が利用したもので、座って写真撮影してもよいという立て札も見えた。

腰かけているのは、男性だ。紺色の着物をまとい、干し柿を頬張っていた。そして、なにかをブツブツとつぶやいている。

あの顔には、見覚えがあった。

「ほら、オキョウを読んでいるわ」

「あれはお経ではありません、アフロディーテ様」

九十九とアフロディーテは、入り口の男性がつぶやく言葉に耳を傾けた。

「柿くへば　鐘が鳴るなり　法隆寺（ほうりゅうじ）」

九十九にとっては、お経とはまったく似ていないのだが、アフロディーテには同じように聞こえたのだろう。

　これは、俳句だ。

　十七音で表される短い詩である。季語を含み、五・七・五の音で紡がれる定型詩。俳句を詠む人を、俳人と呼ぶ。

　そして、目の前にいるのは、生きた人間ではない。俳句の神様と称される、松山の偉人だった。

「九十九ちゃん、元気しとったかね」

「お久しぶりです。アフロディーテ様、こちらは正岡子規様です」

　気さくに手をふる神様を、九十九はこう紹介した。

　正岡子規は、松山を代表する俳人だ。激動の明治に生き、数々の俳句や短歌を詠んだ。近代の短詩型文学の改革者と評され、その名は歴史や国語の教科書にも残る。アフロディーテはピンと来ていないが、日本人なら、たいてい目にする名前だろう。

「そんな人間が、松山にもいるのね。すごい、ジョーみたい！」

　九十九の説明を聞いて、アフロディーテも理解してくれる。正岡子規は、死後も神様として松山に住み続けているので、たしかに、ジョーと成り立ちが似ていた。ロックの神様と、俳句の神様。

　子規は湯築屋にも、ときどき顔を出す。九十九も馴染みの神様だった。昔は俳句の宿題を見てもらったこともある。

「朝起きて　門を出てすぐ　白い息」

ふと、子規が詠んだ句に覚えが……九十九の顔が熱くなってくる。

「そ、それって……」

「いい句じゃろ？」

わたしが小学校のときに詠んだ俳句じゃないですかー！

九十九は恥ずかしくて、わたわたとしてしまう。

単純に、湯築屋の結界と外の温度差を詠んだ句だった。

湯築屋の結界内は、年中、空調が利いたみたいに気温が一定だ。冬の朝に門の外へ出ると、途端に息が白く染まる。そんな現象を俳句にしたが……学校のみんなとは生活環境が違う。「どうして、お外じゃなくて、門なの？」と、あまり共感してもらえなかった苦い思い出があった。

「単純やけど、しっかり詠み手の生活が詰まっとる」

九十九の恥ずかしさなど気にせず、子規はカラカラと笑う。

「こういうのが、ええんじゃわい」

俳句の神様からそう言われると、途端に「これでいい」と思えてくるので不思議だ。

「評価なんて、その時代や人間によって変わるもんじゃろ」

たしかに、芸術は見るときどきによって印象が違う。同じ作品に触れても、心の持ち方で、まったく別物に見えた経験が九十九にもあった。あれは、きっと、九十九の評価が変わったのだ。

そんなあいまいで、あやふやなものに振り回されなくてもいいと、子規は言っているのかもしれない。

ちょっと気が楽になる。

とはいえ、それはそれ、これはこれ。昔の俳句を持ち出された羞恥心は、別の話だ。黒歴史を掘り返された複雑な心境は変わらない。

「ほれで、今日の見学ご予約様は、君らでええんかね？」

「え？」

子規からニコニコと問われ、九十九とアフロディーテは顔を見あわせた。


萬翠荘の敷地内には、もう一つの観光地がある。

いや、あったと言うべきか。愚陀佛庵という、二階建ての木造住宅だ。

かつて、夏目漱石が中学教師として松山へ赴任していた際に、下宿した建物とされる。ここでの暮らしをもとに執筆されたのが、小説『坊っちゃん』というわけだ。さらに、その一階では、正岡子規も療養のため居候していた。

同時代を生きた文豪と俳人が、一つ屋根の下での共生。文学ファン垂涎の聖地だろう。

ひっそりとした佇まいながら、多くの観光客が訪れていた。

子規は神様となってからも、愚陀佛庵でのんびりと暮らしていた。子規ゆかりの場所はいくつかあるが、愚陀佛庵が一番落ち着いたそうだ。木々に囲まれ、静かな雰囲気が俳句を詠むのにちょうどいい。

けれども、二〇一〇年。記録的な豪雨によって、土砂崩れが発生。愚陀佛庵は土砂に埋もれ、いまだ再建されていない。

「やけん、今はお隣さんに居候中なんよ」

住処がなくなった子規は、隣の萬翠荘へ移っているという。

子規の生家を移築した子規堂や、子規記念博物館など、他にも住む場所はある。けれども、神様となった子規にとっては、ここが一番心地よいらしい。

「それで、子規様が見学案内を……？」

「ときどきじゃ。バイトみたいなもんよ」

子規は観光ボランティアとしてガイド役を買うこともある。バイトと言っているが、ほぼ趣味だ。

普通、子規がブライダルの見学案内を行わないのだが、今日は予約の名前が九十九だったので、気まぐれに出てきてくれた。

「バレないんですか？」

　正岡子規と言えば、日本人なら一度くらいは写真を目にする偉人だ。写真そのままの姿を保っているが、わからないものなのだろうか。

　九十九の心配にも、子規は笑顔だった。

「案外、バレせんよ。あしの顔、みんな横からしか見んけんな。正面の写真もあるんやけど、カメラ写りのせいかのう」

　手を横にふりながら、子規は萬翠荘へと入っていく。入り口にも観光客がいたが、誰も子規を気にしていない。彼の言うとおりだった。

　たしかに、子規の顔写真は横顔が有名だ。正面からの写真も存在しているが、印象がまったく違う。写真によって髪型が異なるのも関係しているかもしれない。

　そのせいか、目の前に実物がいたところで、誰も正岡子規だと思わないのだろう。芸能人でも、静止画と動画で姿の印象が異なって感じるのは、よくあることだ。

　ちょうどいい好例として、隣にアフロディーテもいる。彼女の顔は、ルーヴル美術館に展示される『ミロのヴィーナス』にそっくりだ。けれども、彫像と実物を結びつける人間は、ほとんどいない。

「へー……綺麗にしてるわね」

　萬翠荘のエントランスに入り、アフロディーテが感嘆の声を漏らした。洋館にはあまり興味がなさそうなので、結婚式場としての評価だろう。

エントランスから延びる木造の階段は重厚だが、随所に細かな彫刻が施されていて軽やかな印象もある。和風建築にはない煌びやかさがあった。

どこを見てもツヤツヤとしていて、古い建物なのに新鮮な空気を感じる。外の光をいっぱい取り込む、大きなステンドグラスが魅力的だった。

「結婚式では、この階段を花嫁がおりてきて……そっちの洋間に入るんよ」

子規は身振り手振りを交えながら解説してくれる。

一階の部屋は謁見の間と、晩餐の間がある。

白を基調とした謁見の間は、華やかで明るい雰囲気だ。当時の最先端技術で造られた大きな鏡や、ガス式の暖炉が目を惹く。

もう一つの、晩餐の間はチーク材の重厚な色合い。吊り下がった水晶製のシャンデリアが際立つ意匠の間となっていた。

結婚式の際は、どちらかをメイン会場に選べるらしい。

華やかな結婚式会場として飾られる二間を想像しながら、九十九はぼんやりとしてしまう。きっと、アフロディーテの式は素敵なものになる。

「こっちの部屋のほうが、キモノドレスが映えそうね。シャンデリアも気に入ったかも。ジョーにも写真を送ってみるわ」

アフロディーテはスマホで写真を撮り、楽しそうにしている。どうやら、重めの色使いが特徴の、晩餐の間がお気に召したようだ。

「キモノドレス？」

子規が怪訝（けげん）そうに首を傾げるので、九十九は「こういうのです」と、スマホで検索した適当な画像を見せた。

「ああ、なるほどのう。最近はハイカラなドレスもあるもんじゃわい。持ち込みの衣装なら、大丈夫じゃないかね」

「衣装はお客様がご用意します。ヘアセットは、式場に手配したいんですが……」

「うんうん、準備がええのう。できる女子（おなご）は好ましいわい」

見学は一階だけではなく、二階も行う。子規はブライダル用のパンフレットを見せながら、ていねいに説明してくれた。

歴史のある建物だが、愛媛県で初めての鉄筋コンクリート造りだ。松山で大空襲があった際も、この建物は焼け落ちずに残ったとされている。地震でも崩れず、当時のまま、この松山を見守り続けていた。

なんとなく、子規が愚陀佛庵から移り住んだのも納得できる。

「ねえ、あれはなにかしら？」

二階から、アフロディーテが庭を指さした。

あまり広い庭ではないが、中央にはソテツの木が生えている。その奥側にあるものに、興味を示したようだ。

「井戸ですよ。誰か落ちると困るので、入り口は蓋がしてあるんだと思います」

「あれが日本の井戸なのね。西洋風のお屋敷なのに、どうしてかしら？」

子規が「どれどれ」と、窓から外をながめる。

「あの井戸は、萬翠荘より前にあったものやけん。あそこから汲みあげた水で、よう漱石が茶を沸かしとったわい」

萬翠荘の庭園には、和洋どちらの様式も取り入れられている。来る途中にのぼった坂道も、竹林や池があり、和風の庭園を楽しむことができた。

「なるほどね。いいところどりってこと。なかなか欲張りで、嫌いじゃないわ。キモノが浮かないし」

アフロディーテの感触はよさそうだ。もうすっかりその気になって、「キモノドレスで、ここから写真を撮りたいわ！　あっちもいいわね！」と、はしゃいでいた。

「お気に召してよかったです」

そんなアフロディーテの姿をながめて、九十九の頭に、また雑念が過っていく。

九十九とシロの婚礼の儀は、どのようなものだったのだろう。いや、どうやって行ったのか、聞いている。けれども、そのときの様子が思い出せない——九十九には、思い出がなかった。

周りから伝え聞いた話だけだ。

シロ様は、どんな顔でわたしと結婚してくれたんだろう。

小さいころのわたしは、シロ様にどんな顔を見せていたのだろう。

登季子の膝のうえで、婚姻の御神酒を舐めたと聞いている。しかし、そのときの雰囲気などは、もう味わえない。

一生に一度の行事だ。

もちろん、アフロディーテのように、何度だって挙げるカップルがいたっていい。離婚すれば、再スタートする人だっている。一度とは限らないだろう。

それでも、大切な儀式なのは変わらない。

思い出ばかりには浸れない。

しかし、前に進むためには、思い出が必要なときもある。

「あの……アフロディーテ様」

気がつくと、九十九は口を開いていた。言い出すつもりなんてなかったのに、自然と声が出ていたのだ。

でも、途中でやめるわけにもいかなかった。

「なに？」

アフロディーテが首を傾げる。子規も、興味深そうに顎をなでていた。

「提案したいことがあります」

4

アフロディーテとジョーが挙げる結婚式は萬翠荘に決まった。

もちろん、着物ドレスだ。

「ということで、碧(みどり)さん。おねがいしても、よろしいですか?」

結婚式に向けての準備もしなければならない。湯築屋は式場ではないが、お客様を全力でバックアップしたかった。

「なるほど……」

九十九からのおねがいを聞いて、碧は少し意外そうに目を瞬かせていた。が、すぐに了承してくれる。

「きっと、喜ばれますね」

「だといいんですけど……あ、くれぐれも内緒で」

「わかっていますよ」

碧の協力も得たので、あとは幸一と八雲(やくも)にも話をつけなければならない。

これはいわゆる、サプライズだ。バレてしまわないかヒヤヒヤしながらも、悪戯を仕掛ける子供のようなワクワク感もあった。

碧も協力してくれるなら、百人力だ。きっと成功する。

あとは、つつがなく準備を進めていけば……。

「じゃあ、わたしは八雲さんたちにも話してきますね」

「……ええ」

九十九は、クルッと踵を返した。

一瞬、碧の声が暗かったような気がして立ち止まる。

気のせいかな？

深く詮索せず、九十九は廊下を進む。けれども、ふと、少し前にお袖さんが、「きっと彼女は人に言えない秘密を抱えている」と分析していたのを思い出す。

根拠があるわけではない。関係ないと思う。

それでも、不意に引っかかってしまった。

「あの、碧さ――」

九十九は遅いと思いながら、碧を呼び止めようとふり返る。

だが、碧の姿は廊下から消えていた。もう角を曲がっていってしまったのだ。急ぐ足音も聞こえなかったのに――逃げられた気がする。碧は武術の達人で、足音や気配を消して歩くことがあった。

「…………」

引っかかるが、九十九は経理室へと向かうことにする。気のせいである可能性は高いし、今すぐ確認する必要はない。

それに……今回のサプライズ、気がかりが一つある。


——昔、お慕いしていた方がおりまして。


以前に聞いた、八雲の言葉が脳裏に浮かぶ。

八雲には想い人がいたが、結局、今でも想いを告げられないままだという。相手は、別の人と結婚したらしい——直接明言されていないが、登季子のことだ。

自由奔放で仲睦まじい様子のアフロディーテとジョーを見て、八雲は「うらやましい」と言っていた。

自分が登季子に想いを告げられないままになっているから。

シロの巫女になるはずだった登季子に対する想いを、ずっと秘めていたのだ。それなのに、登季子は人間の幸一を選んでしまった。

今回の結婚式を手伝ってもらうのは、八雲にとって負担かもしれない。

けれども、従業員の中で彼だけ計画から外すこともできないと思う。きっと、こちらからおねがいしなくても手伝うと申し出るはずだ。

彼は、そういう人だから。

迷うけど……やると決めたからには、避けられない。

「九・十・九！」

考えごとをしていたせいで、気づけなかった。最近、集中力が途切れがちだ。いけないいけない。九十九は、なにごともなかったかのように、その声を無視した。

「つーくーもーッ‼」

「あーもー、なんですか⁉」

せっかく無視したけれど、声の主――シロは九十九の肩にすがりついてきた。ほんと、もっと普通に話しかけられないのだろうか。

「儂もデート一緒に行きたかった」

「はいはい、そのお話ですね」

おおむね、予想どおりの答えで九十九はため息をついた。しかし、このやりとりがお決まりなので、逆に安心感もあるのが不思議だ。シロには、そんなことは言ってあげないけれど。

シロが九十九の肩に顎をのせて、だるんだるーんとしている。正直、ウザいので、九十九はペッペッと手で払いのけた。

どうして、もっと神様らしい威厳を普段から発してくれないのか。これでは子供やペットの世話をしている気分だ。

黙っていれば、彫像よりも綺麗で神秘的な美形神様なのに。

「デートでしたら、また今度、どこか行きましょう」

サラッ、と。

あくまでも、自然に。

「やーだーやーだー、九十九とデートしたい――なに？」

途中まで、シロはいつものノリで駄々をこねていたが、さすがに気がついたようだ。流してくれるかと思って、サラッと言ってみたが、駄目だった。まあいいか。

「お出かけなら、ふたりのほうが……いいんじゃないですか？」

自然さを装ったが、なかなか恥ずかしい。

九十九は、パッとシロから目をそらした。シロは琥珀色の瞳を瞬かせながら、九十九の顔をのぞき込んでくる。

「行ってくれるのか？　デート！」

「まあ……その気はありますよ。何度も言わせないでください」

むずむずする……九十九は居心地悪くなって、つい素っ気ない返事をした。本当は、もっと優しく言いたいのに。

「無理はしておらぬか？」

「へ？」

予想外の心配に、思わず間抜けな声が出た。

「九十九は、すぐに気を遣うからな……ときどき、どう接すればよいのか、わからなくなる」

シロのスキンシップが多いのは、あいかわらずだ。それでも、やはり九十九が逃げ腰だからだろう。どのくらいの距離感で接すればいいのか、迷わせていたのかもしれない。

気を遣っているのは、九十九ではなくシロだ。

シロに、そう思わせてしまったことが、九十九は申し訳なかった。

「シロ様でも、そういうの気にされるんですね」

九十九は、できるだけいつものように返すことにした。ここで謝罪すると、余計にシロが気を遣うと思ったのだ。

「大丈夫ですよ。無理はしていません……一緒にお出かけしたいのは、その……本当ですから」

目を伏せながら、九十九は自分の顔に触れた。ちょっと熱い。

「ならば、よい。安心して、デートしようではないか」

シロは嬉しそうに尻尾をふり、九十九の肩を抱く。

そして、身を屈めながら、九十九の頬に唇をつけた。その瞬間、身体中に電気がビリビリと流れるような感覚が走る。

「――――ッ⁉」

不意打ち！

なにもできないまま、九十九は唇をパクパクと開閉させた。

「本当は大人のキスがしたいのだがな」

大人のキスって、なんですかそれー⁉

若干、頭が混乱している。九十九は声を出せず、シロを見あげた。

「だが、今日はデートの約束で満足しておこう」

大人の余裕を見せつけるみたいな言い方だが、背後では尻尾が左右にブンブン揺れているので、嬉しいのだろう。

シロ様とデートかぁ……どこ行こうかなぁ。

でも、今はとりあえず。

「それでは、わたしはお仕事の続きがありますので」

「な……ここは、夫婦水入らずで晩酌してくれるのではないのか？」

「お仕事優先です～。デートの約束で、満足してくれるんでしょう？」

「ぐぬぬ……」

これから経理室へ行くのだから、邪魔しないでほしい。あと、他にも準備する事柄は山のようにある。

肩に回されたシロの手を、九十九は軽く払い落とすのだった。

♨　♨　♨

九十九からの提案を受けて、内心、ドキリとした。

だが、気取（けど）られてはならない。

「なるほど……きっと、喜ばれますね」

碧は求められている役目を理解して、いつも通りの笑みを浮かべた。九十九はなにも疑わず、垢抜（あかぬ）けない顔に、パッと花を咲かせる。

「じゃあ、わたしは八雲さんたちにも話してきますね」

「……ええ」

クルッと身を翻（ひるがえ）して立ち去っていく背を、碧は視線で追いそうになる。けれども、すぐに自分も反対方向へと歩みを進めた。

九十九は妹の子だ。

しかし、海外を飛び回る登季子よりも、碧のほうが一緒に過ごす時間が長い。ときどき、九十九を我が子のように感じる瞬間もあった。

まだ誰にも知られていない秘密。

一夜だけの戯れが、不意に碧の胸へと蘇ってきた。

学生時代の西条まつり。

登季子と碧が、姿を入れ替えていた一夜だ。

誰にも知られていない、秘密の夜。

碧は登季子に化けたまま……あのとき、八雲の人生を変えてしまった。なにもしなければ、違う未来があったかもしれない。彼が登季子への感情を抱えたまま、こんな歳まで湯築屋にいることには、ならなかっただろう。

登季子が八雲を選ばなくとも——八雲が登季子に執着せず、湯築屋を離れる未来はあり得ただろう。

それも推測だ。

あの夜がなくても、八雲の現在は変わらなかった可能性もある。ただの自意識過剰かもしれない。

だから、これは碧の思い込みだ。

選ばれなかった未来を見ることも、八雲の本心を知ることも、どちらも叶わないのだから。

ただの思い込みで、要らぬ罪悪感を抱え続けている。

母屋への道を進みながら、碧は答えのない考えを巡らせていた。考えても、仕方のないことと、理解はしている。

今は、お客様と九十九からのご要望が優先だ。母屋へ着いた碧は、古い箪笥のある部屋へと向かった。

桐の衣装箪笥には、着物がおさめてある。主に、晴れ着など、普段は着ないものばかりだ。

碧はアフロディーテの結婚式に使用できる着物や、小物などを選ぶことを九十九に約束した。ドレスのデザインはジョーの知人に任せるそうだが、もとになる着物は湯築屋で選んでほしいと希望されている。

「…………」

横長い箪笥には、和紙に包まれた着物がいくらか入っていた。碧はそれらを取り出しながら、中身を確認していく。

ふと、白無垢に似た着物が目に入る。

巫女の装束にも似た衣装で、湯築が代々独自に受け継いでいる着物も、ここに保管してあった。

シロとの婚姻の儀でしか着用しないものだ。

九十九は幼かったので、衣を羽織る形となったが、そのときの様子はよく覚えている。

本人は、なにも記憶していないだろうが。

なんとなく、碧はそれを広げてながめた。

神気を操れない自分には、決して袖を通す機会のない装束。

けれども、これに袖を通した者と、通すはずだった者。

双方の顔が、交互に浮かんだ。

♨　♨　♨

若女将から、サプライズの協力を要請されても、八雲は存外なにも思わなかった。

「あの……八雲さん。いい、ですか？」

それでも、九十九は八雲に気を遣っているらしい。経理室へ来て事情を説明したあとで、ひかえめな態度で聞いてきた。

無論、八雲は笑みで返す。

「ええ、もちろんですよ。きっと、喜んでくださいます。私も楽しみです」

「無理しなくていいんですよ……？」

念を押されるが、八雲は首を横にふった。

「構いませんよ」

九十九には、八雲の秘密を話してしまった。墓場まで持って行くつもりだったはずなのに……なんの気まぐれか。許されない恋の話をした。

それは、あのときの九十九に迷いがあったからだ。

シロへの想いを理解できず、秘めてしまおうとしていた九十九の背中を押したかった。

しかし、こう気を遣われると、あのとき明かしたのはよかったのか、悪かったのか。今の八雲には困りごとの種だ。

「私に気を遣わないでください。若女将は、こんな大人になってはいけませんよ、とお伝えしたかっただけですから」

「わたしの……」

九十九が目を伏せてしまうので、八雲は意地悪と思いながら微笑を浮かべる。

「シロ様に、ご自身の気持ちは言えましたか？」

「――――!?」

八雲の質問に、九十九はすぐ表情を変えた。

びっくりしたような、恥ずかしいような。顔が耳まで真っ赤になって、口をパクパクと開閉させた。実にわかりやすくて結構。

「だったら、よかったです。恥ずかしい話をした甲斐があったというもの」

「ま、ま、まだ、わたしなにも、言ってませんけどぉ⁉」

「今ので、だいたいわかりますよ。それとも、違いましたか？」

また意地悪な言い方をすると、九十九は目を回しながら頭を抱えた。けれども、やがてユルユルと首を横にふる。

「あ、あってます……その節は、ありがとうございました……」

「はい、こちらこそ」

この様子だと、まだ交換日記くらいの進展だろうか……最近の子は、交換日記などしないか。だとしても、九十九はイマドキの十代にしては初心で純真だ。

登季子とは、違う。

似ている部分も多い。でも、九十九は登季子とは違う育ち方をしている。

十代の登季子は自由奔放でお転婆だった。なにをしても生き生きとしていて、周囲の人間を巻き込む台風のような。

夜の街に浮かびあがる提灯の灯り。大型のだんじりが練り歩き、笛の音や担ぎ手の掛け声が聞こえる祭りの夜。

八雲の手を引こうとする登季子の顔が蘇る。

まだ忘れていないのか、と——自分でも馬鹿らしくなってきた。

しかし、これは八雲だけが持つ思い出だ。

他所から来た、あんな男は知らない記憶である。

だから、余計に忘れられないのかもしれない。

「あの、八雲さん……それじゃあ、おねがいします」

八雲がなにを考えているかも知らず、九十九は可愛らしく頭をさげた。

「ええ。お任せください、若女将」

そう笑っておくと、九十九は嬉しそうに顔をあげた。

5

多神教の神様は、比較的大らかなのかもしれない。

と、花嫁衣装に身を包んだアフロディーテの姿を見て、九十九は思った。

「とっても可愛い！　ねえ、ママも見てよ！」

「見ているわよ。なかなか素敵じゃない」

新婦の控え室、ドレスを着たアフロディーテがその場でくるりと一回転した。ひらりと裾が舞いあがり、中のパニエがふわりと見える。

鶴が羽を広げて飛び立つ意匠の着物だ。それをドレスとして仕立てていた。

可憐なドレスのフォルムと、和の雅さを表現した柄が融合している。帯は、豪華な金糸の刺繍が施された真紅を使用していた。結び方を工夫して、背中に大きな薔薇が咲いているかのような仕上がりにしている。

和洋折衷のドレスをまとうアフロディーテの姿は、ただただ美しい。九十九は改めて見蕩れてしまう。

「本当にお似合いです……」

「もう、ワカオカミちゃん。それ何回目かしら？」

「だって、本当に綺麗なので」

「当たり前でしょ。美の女神なのよ？」

あとは、ベールをつけて、蜂蜜色の髪を簪で飾っていくだけだ。

着物ドレスは披露宴でのお色直しとして着ることが多い。しかし、アフロディーテは「最初からキモノドレスがいいわ！」と希望した。

世界各地で挙式を予定しているし、そもそも、今回で十五回目らしい。挙式の方法などは、その地その地にあわせているそうだが、松山では「好きにするわね！」と宣言している。日本では、他に京都で式を挙げる予定だそうだ。こちらは、白無垢らしい。

慣れているのか、新婦の母として参列したヘラ神も、「何度見ても綺麗ね」とくり返すばかりだ。

アフロディーテは「何回目かしら？」なんて言うけれど、容姿を褒められるのは嫌いではなさそうだ。そのたびに、得意げになっている。

神様が、世界中の宗教や儀礼に則って結婚式を挙げるなんて……と、思ったが、本人たちは、まったく気にしていない。

日本には「八百万の神」という概念があり、他の宗教にも寛容だが……案外、多神教の神はどこも大らかなのかもしれない。

そもそも、世界中に宗教があり、神様がいる状況だ。最近は神様たちの国際交流も多く、もはや「多神教」とか「一神教」などという前提が、あってないようなものだった。神様社会のグローバル化。すごい。

ただ共通するのは、神々の存在が人間の信仰によって支えられているという点だろう。名前を忘れられた神は、堕神となって消滅する。どの世界でも、神と人の在り方は同じだった。

ヘラは当初、アフロディーテとジョーの交際に反対していたが、最終的には認めている。今回の世界一周挙式旅行にも、難色を示していたそうだが、今はこうしてアフロディーテのドレス姿を見て喜んでいた。

「アフロディーテ様、本当にお幸せそう」

九十九の隣で、登季子も笑った。

「もうすぐ、ヘアメイクさんが来てくれますよ。ただ、ちょっと式まで時間があるんですよね……」

アフロディーテの着替えは、「慣れないから」という理由で、かなり早めにはじまっている。けれども、結局、予定通りに準備が整ってしまったため、時間に余裕ができていた。

「計算違いで、申し訳ありませんね」

アフロディーテがドレスを着たまま過ごす時間が長くなるため、登季子は申し訳なさそうに頭を掻いた。

されど、アフロディーテは魅惑的な微笑で返す。

ヘラも、優しげな表情で登季子を見つめた。

「構わないわ。オカミもごゆっくり」

「ええ、楽しみね……ダーリンの目に入れたくないわ」

アフロディーテたちから言われて、登季子が首を傾げる。

機を見計らって、九十九は部屋の隅へと歩いた。そして、未開封だった箱の蓋を開ける。

中の衣装を、九十九はスッと両手で持ちあげた。

「お母さん」

入っていた衣装――真っ白なウェディングドレスを、登季子へ差し出す。登季子だけが、わけもわからず困惑していた。

「結婚式、やろうよ」

「……え？」

九十九から笑いかけられて、登季子は表情を固まらせている。最初は放心していたが、次第に意味を理解していったようだ。

「な、なんで？」

登季子は戸惑いながら九十九と、次いでアフロディーテにも視線を向ける。

「W結婚式、楽しそうじゃない？　花嫁が二人いれば、華やかさも二倍でしょう？」

ふふふ、なんて声を漏らしながら、アフロディーテは登季子の腕に手を回した。逃げ場を失って、登季子は「は、はいぃっ⁉」と素っ頓狂な返事をしている。

アフロディーテが式場の予約を取る直前、九十九は一つ提案した。


——女将の結婚式を、してあげたいんです。


登季子は幸一との結婚式を挙げていない。本人は気にしていない素振りだったが、それでは寂しいと、九十九は思った。

周囲からの反対を押し切って、登季子は自分の幸せを選んだ。好きな人と、結婚したいという人並みの幸せ。

その選択を罪だと思わないでほしかった。

もう誰も登季子を責めていない。

湯築屋の面々は、みんな登季子を許している。

きっと、とても幸せな選択だった——だから、祝福したい。お母さんが選んだ道は、間違っていないよ、って。

ちゃんと、みんなでお祝いしたい。

九十九は、自分の婚姻の儀式を覚えていないから、すごく寂しい。でも、式を挙げないのは……もっと寂しいのではないか。

「お母さん、大丈夫だよ」

九十九はゆっくりと、登季子の前へと歩み出た。

登季子が抱えていた、九十九への負い目は解けたと信じている。けれども、やっぱりきちんとした「形」は必要だと思う。

「え、な、なに言ってるのさ……あたし、そんな歳じゃないんだけど……?」

登季子は、九十九から顔をそらしながら後退りする。絡みついたアフロディーテの手も、ていねいに解いた。

だが、そのとき、登季子の背後で控え室の扉が開く。

「やあ」

扉を開けて入室したのは、ジョーだった。

黒五つ紋付き羽織袴をまとい、白い装いのアフロディーテと対照の色彩だ。こちらは大きなアレンジはせず、きちんと和装を着こなしている。

肩まで伸びたアッシュブロンドはオールバックにして、一束に結っており、普段のルーズさがない。トレードマークの丸眼鏡もかけず、深い海を思わせる碧眼でアフロディーテに笑いかけた。

「ジョー！」

ジョーが現れ、アフロディーテは笑顔の花を咲かせた。今までのどんな表情よりもキラキラと輝いていて、身体中から嬉しさがあふれている。

彼らの結婚式は十五回目。このあとも、まだ何十箇所も回ることになっていた。だが、その一時ひとときが、常に大事なものなのだ。

神様は信仰が途切れぬ限り、半永久的に生き続ける。長い時間を生きる存在。それでも、人間と同じように、一瞬一秒を大切にしているのだと思う。

もしかすると、人間よりも――。

「キモノも素敵よ、ジョー」

「君には敵わない」

新郎新婦は、完全に自分たちの世界に浸って抱きつきあっていた。なにも悪いものなんてないのに、九十九は思わず視線をそらしてしまう。

アフロディーテの拘束が解けて、登季子が息をついている。

「トキちゃん」

気を抜いていた登季子の身体に、緊張が走った。

「――――ッ」

だが、登季子は入り口に、ふり返ろうとしない。

カツカツと、革靴の音が鳴る。

ジョーに続いて、もう一人、入室した。

真っ白いタキシードは、目が洗われるようだ。春風みたいに優しく、やわらかな笑みはいつもと変わらない。そのせいか、ここは厨房ではないのに、温かいお出汁のにおいがしそうだった。

真っ白な洋装に身を包んだ幸一が、登季子に手を差し伸べる。

「トキちゃん」

再び呼ばれて、登季子はようやく幸一のほうを向いた。

幸一はまっすぐに登季子へ歩み寄るが、対する登季子はじりじりとうしろへさがっていく。

「お母さん」

九十九は、そっと登季子の背後に回った。肩を軽く押すと、登季子がようやく立ち止まる。

サプライズを仕掛けたので、驚くのも無理はない。

事前に打ち明けると、登季子は式場から逃げてしまうと思ったのだ。

「つーちゃん……コウちゃん……」

九十九からは見えないが、登季子の声は震えていた。

感情と涙があふれ出しそうなのを、必死で耐えている。震える肩越しに、九十九にも登季子の気持ちが伝わってきそうだった。

「トキちゃん、結婚してください」

さっきよりも、やや緊張した面持ちで幸一が告げる。

まるで、初めての告白みたいで、九十九までドキドキしてしまった。

「僕と幸せになってください」

登季子の返事を待つ間、沈黙が長く感じる。

それでも、確信していた。

小刻みに震える肩に触れていると、九十九には、登季子がもう逃げないとわかった。

「……はい」

絞り出すように言いながら、登季子は幸一の手を取った。

お客様と、湯築屋の女将。

二組の結婚式が行われた。

参列したのは、ささやかな面子（メンツ）だ。ギリシャからわざわざ来たのはゼウスとヘラの二柱だけ。それから、湯築屋の従業員。さらには、湯築屋と縁深いお客様たち。

天照大神（あまてらすおおみかみ）に、火除け地蔵、お袖さん。大国主命（おおくにぬしのみこと）と、少彦名命（すくなひこなのみこと）。義農作兵衛（ぎのうさくべえ）やツバキさんも来てくれた。蝶姫（ちょうひめ）の姿は見えないが、小夜子（さよこ）の陰に隠れている。

挙式のあとに湯築屋で行われる披露宴のスイーツは、田道間守（たぢまもり）のイチオシ店に注文したものだ。なぜか、カメラマンをしているのは子規だった。

人数が少なくささやかだが、式は恙（つつが）なく執り行われる。

「九十九」

挙式が終わったら、建物の外でフラワーシャワーの予定だ。真冬にしては暖かい日で、コートを着る必要がないのが幸いだった。

九十九は花弁を持って、列に並ぶ。

その隣に、シロも当然のように立った。

湯築屋の外での式なので当たり前だが、シロは傀儡だ。黒髪と黒いスーツが調和しており、湯築屋のシロとはまったく印象が違う。それでも、しゃべると同一の存在だと感じられるので、やっぱり不思議だった。

「お前はすごいな」

「え？」

どうせ、また「儂も九十九のウェディングドレスが見たい！」とかなんとか言い出すのだと思っていた。

予想していなかった声かけをされ、九十九は顔をしかめる。

「儂には登季子を救ってやれなかった」

シロは、登季子の好きなように選択を委ね、巫女にならないことを許した。

けれども、周囲の反応は一筋縄ではいかなかったし……結果的に長い間、登季子は苦しんでいた。その状況を打開することも、登季子の罪悪感を取り除くことも、シロにはできなかったのだ。

だから、シロは登季子を救えなかったと思っている。

「なに言ってるんですか？」

九十九はシロの言葉を否定して、首を横にふった。

「まだまだ、これで終わりじゃないですよ」

花嫁たちが出てくるのを待ちながら、九十九は手にした花弁を見おろした。

「お母さんの幸せは、今日一日だけのものじゃないんです。これから、お父さんも、わたしも、みんなで続けていかなきゃいけないんです」

今日の結婚式が幸せの絶頂ではない。

これからも、ずっとずっと幸せにならなければならないのだ。

それは九十九だけでは作れない。

「だから、わたしの力じゃないです」

九十九はシロに向きなおって、手をにぎる。傀儡からは、あまり体温を感じない。それでも、感覚は伝わっていると信じて、シロを見あげた。

「シロ様も、一緒ですよ。これからなんです。これから、みんなで楽しいことをいっぱいしましょう」

シロの手をにぎりながら、九十九は幸一の言葉を思い出す。


――僕と幸せになってください。


一人では幸せになれない。

登季子だけではない。幸一も、九十九も、一緒になるものだ。

「シロ様も……その……わたしと幸せになってください……よ……？」

幸一みたいに、はっきり言えなくて、もごもごしてしまう。すごく小さな声になった。

それでも、シロには届いたようだ。

九十九の手をにぎり返してくれた。

「九十九」

傀儡の手は冷たい。

でも、気にならないのは寒空の下だからだろうか。

胸の辺りに、明かりが灯ったような温かさが宿る。

シロは言葉を続けようと、口を開いた。

「お待たせしました！　新郎新婦の登場です！」

進行役の明るい声とともに、萬翠荘の正面扉が開く。九十九はシロから目を離し、登場する主役たちのほうを向いた。

「…………」

シロも、途中になった言葉を仕舞い込むように正面玄関を見る。

「出てきましたね！」

まず、アフロディーテとジョーが腕を組んで歩いてくる。彼らが自分の前を通り過ぎるのを見計らって、九十九は花弁を投げた。

各々の手から離れた花弁が舞い、フラワーシャワーとなる。その中を、美の女神と、ロックの神様が進んでいく。

続けて登場したカップルにも、九十九は変わらぬ笑顔を向けた。

大きく肩を出したドレッシーな大人の意匠。シンプルだが、華やかに見えるのは花嫁が綺麗だからだろう。前を歩く女神にも劣っていないと、九十九は感じた。

「お母さん、おめでとう」

前を通り過ぎていく、登季子と幸一に九十九は笑顔で花を投げた。

色とりどりの花弁が宙をひらりひらりと舞う。その中を通り抜ける登季子の顔は、照れくさそうだが、とても嬉しそうで。空に浮かぶ太陽は、登季子のために用意されたスポットライトだった。

幸一と顔を見あわせる登季子は、満ち足りていた。心の底から、笑っているように見える。

二人の様子を見ていると、今日のサプライズを企画してよかったと実感した。

そして、さっきシロに言った言葉を一人で反芻（はんすう）する。

これから、みんなで幸せになっていく。

少し前の九十九だったら、言わなかったかもしれない。以前なら、「みんな」の輪に、九十九自身を含めていなかった。

でも、ちょっとずつ、周りのみんなが教えてくれた。今の九十九を作ったのは、一人の力ではない。周りからいっぱい学んだ結果だ。

舞いあがる花弁と二組のカップル、優雅に佇む萬翠荘。

それぞれを見据えながら、さきほどの言葉は、自分にも言い聞かせるべきだと、改めて感じた。

♨　♨　♨

誰もが笑顔で祝福している。

舞う花弁も、美しい花嫁たちも、太陽の光を浴びてキラキラとまぶしかった。

もちろん、目を背けたりなどしない。

碧は、手にした花弁を宙へと撒いた。

他の参列者と同じく、二組のカップルに向けて笑顔を貼りつける。しかし、胸のうちでは、真に笑っているか疑問だ。

今、鏡で自分の顔を確認したら、どう見えるだろう。

屈折して、歪んでいるのではないか——。

「綺麗ですね」

そんな胸中をのぞき込まれているかのようなタイミングだった。

何気ない声かけのはずなのに、碧は息を呑む。心臓が一瞬、動きを止めてしまったと錯覚する。

だが、動揺を悟られまいと、碧は隣に立った八雲を見あげた。

「そうですね」

いつもと変わらない受け答えができたはずだ。それを保証するかのように、八雲の表情も、普段通りであった。優しげで、温かい雰囲気をまとっている。

けれども、彼の真意も……碧と同じく歪んでいるのではないか——こう考えてしまうのは、やはり碧が歪んでいるからかもしれない。

そんな気持ちで、結婚式にいるから。

碧にとって、この式は空虚だった。

登季子と幸一は、すでに籍を入れている。いまさらの儀式だ。

二人が、すぐに式を挙げられない空気は、自然に形成されたものである。誰が言い出したでもないが、反発した従業員が次々にやめていった。

けれども、その空気を形作った一員に、碧も含まれている。

碧は湯築屋に残ったが、去る者を止めることはできなかった。引き止めたり、呼び戻す努力もしていない。ただ成りゆきにまかせた。

九十九が企画しなければ、式は一生行われなかっただろう。

ここに自分が参列する資格があるのか疑問だ。

それに。

「碧さん、一つだけ質問してもいいですか？」

「なんでしょうか、八雲さん？」

八雲は誰にも聞こえない声で、そっとつぶやく。自然と、碧も声をひそめてしまった。

短いフラワーシャワーが終わり、参列者は新郎新婦と軽い記念撮影に興じている。周囲に、二人の会話を聞く者はいなかった。

「どうしても、わからないことがありまして」

その声音も、口調も、平生となんら変わりない。

なのに、視線は決して碧に向いていなかった。

「十代のころ、よくうちの実家へ遊びに来ていましたよね」

ドキリ、とした。

顔が凍りついたような気がする。だが、八雲の視線は碧ではないところを見ていた。おそらく、一瞬の揺らぎは気づかれていないはずだ。

「一度だけ、登――女将の様子がおかしかったんです」

「……あのころの登季子は、奔放でおかしなことしかしなかったじゃないですか」

「そうですね」

過剰に反論しないほうがいいのに、どうしても言葉が出てしまった。

「でも、一度だけなんです」

やはり、八雲は碧に視線を寄越さなかった。わざと、こちらを見ないようにしているのかもしれない。

もしかすると、碧の考えなど、丸裸なのではないか。そういう恐怖が、逆に浸食してきた。

「女将が私を、八、八雲さんと呼んだのは、一度だけでした」

ああ……。

碧は顔を手で覆いたくなった。だが、両手は腰の高さで重ねたまま、淑やかな微笑をつとめる。

「あれは、碧さんだったんじゃないですか？」

「…………」

なにも、答えられなかった。

碧はただ、沈黙だけ返す。

一夜だけ、碧は登季子と入れ替わった。そして、登季子に想いを寄せる八雲を、牽制することを言ってしまった……当時は、正しい行いだった。今だって、間違っていたとは思わない。

でも、結果的に登季子はシロ以外の男性を選んだ。碧が余計なことをしなくとも、彼女はシロの妻にはならなかったのに。

だからこそ、今になっても、碧の中でしこりとして残り続けている。

「私を、恨んでいますか？」

唇の端が吊りあがった。

歪な胸中が表に滲（にじ）み出てしまっている。

八雲が初めて、碧をふり向いた。今の碧を見て、彼はどう思っているのだろう。しばらく黙ったまま、碧の笑みを見据え続けていた。

「いいえ。どうしてですか？」

碧の問いに返答する八雲は、穏やかな顔をしていた。

「あのときの女将――いえ、碧さんが一番魅力的で、忘れられなくて」

想像していない答えだった。

碧は両の目を見開き、呆然とする。

「勘違いされているかもしれませんが……私は臆病なんですよ。女将に、自分の想いを押しつけるなんて真似はできませんでした」

自身を臆病と評しながら、八雲は胸に手を当てた。

「あの日の女将（あなた）が綺麗だったから、それで満足してしまったんです」

いまさら、このような話を聞かされて……碧は動揺を隠せなかった。両手で口元を覆って、表情を見せないよう抵抗する。

「後悔はしていますよ。結局、言えないまま、こんな歳まで独り身で。それで、今の女将やお客様たちを羨(うらや)んでいるんですから。まったく情けない」

八雲が、もう一度、碧から視線を外した。

その先には、やはり登季子がいる。笑いながら、九十九とツーショットの写真を撮影しているところだった。あの親子は、あまり似ていないように見えて、とてもよく似ている。笑い方など、そっくりだ。

「気に病まないでください。あなたの言葉は、関係ないですから」

そう告げられて、碧はいったん納得する。

けれども、よくよく考えると……碧の言葉が原因ではないが、結局のところ——。

「ただ、別人だと確認できてよかったです」

八雲はつけ足して、前に歩き出した。みんなで集合写真を撮るようだ。碧も、あとに続いた。

「そうですか……では、気にしないことにします」

ウェディングドレスに身を包む登季子の笑顔は軽かった。

さっきよりも……明るく見える。それは、登季子が変わったからではない。

心の中で屈折していたなにかが、消えていく音がした。

友．認めたくなんか

1

「前にも言ったけれど……わたしは死人で、ただの思念だから」

その言葉を聞いて、九十九（つくも）は目の前にいる者の本質を正確に理解していなかったと、改めて思い知る。

青白い月の光が頭上から照らしていた。

しかし、しなやかな黒髪は月光に染まることはない。少女にも大人にも見える顔立ちのせいか、とても清廉な印象を与えた。

月子（つきこ）は、九十九をふり返りながら微笑する。

「そう……ですか」

九十九は、一瞬見惚れそうになりながら、あいまいに返事をした。

巫女の見る夢の中だ。ここで九十九は、月子から指南を受けている。その最中で、「天之御中主神（あめのみなかぬしのかみ）様と、話をしませんか？」と提案したのだ。

シロと同じく、月子も天之御中主神について理解していないのではないか。月子は天之御中主神に対して、辛辣な言い方が多い。それは、シロのように、嫌っているからではないか。

けれども、月子は静かに首を横にふったのだ。

「わたしは別に、あれを嫌っているわけじゃないんだよ。ただ、神様だからって、誰からも制止されないのはおかしいと思わない？」

たしかに、月子はこういう女性だ。

相手が神様であっても、正しいと信じたことを言う。だから、天之御中主神に対しても、厳しくなりがちなのだ。

九十九は彼女を理解できていなかった……。

「それに、くり返すけど、わたしは思念の残滓よ。いまさら、話しあってもなんの成長も解決もない」

もう一度、はっきり断られて九十九は目を伏せる。

「でも、あの子には……シロには、必要かもね」

シロと天之御中主神に、対話の機会を設ける。これが九十九にとって、当面の目標であった。

しかし、当のシロは戸惑っているようだ。九十九の提案に、まだ返事をくれない。だから、月子も同席なら……と、考えたのだが——。

「難儀しておるの」

別の声が割って入り、九十九は反射的にふり返った。

月光を受けて、白く光る岩場がある。そこに、一羽の白鷺が降り立った。羽音がほとんどせず、まるで舞う花弁のようだ。青白い光を反射して、純白に輝いている。

白鷺が岩場に立つと、足元から水が湧き出た。

湯気がのぼり——温泉だ。

「天之御中主神様」

名前を呼ぶと、白鷺はその場で大きく翼を広げる。

ひとふり羽ばたくと、いつの間にか白鷺はいなくなっていた。代わりに、墨を垂らしたような漆黒の髪に、白い装束、白い翼を持った神様の姿となる。

天之御中主神は、唇の端を少しつりあがらせた。

「あれがどれだけ、永い刻を過ごした。其方の声に、一朝一夕で答えられるほど、軽くはないだろうよ」

シロにとっては、何十年、何百年……もっともっと長い時間をかけて拒み続けてきた問題だ。九十九に提案された程度で「では、話しあうか」とはならない。天之御中主神の言い草は、まるでこの結果を予見していたみたいだ。

ニマリと笑う顔が、嘲笑(ちょうしょう)しているようにも、試されているようにも見える。おそらく、どちらの意味合いもあるのだろう。

「其方が生きておる間に解決できるとよいな」

「う……ちなみに、その言い方、すごくイラッとするって自覚していますか？」

「そうなのか？」

つい言い返すと、天之御中主神はキョトンと首を傾げる。やはり、無自覚だった。元はと言えば、この神様が人の神経を無意識に逆なでする言い方をしてしまうのが原因なのではないか。

「だが、真理だろうて」

「まあ、はい……」

正論なら、なにを言っても許されるわけではないが……天之御中主神が提示した問題は、九十九の課題だった。

九十九にとっては、まだ先は長い。けれども、シロにとっては短い時間だ。九十九の寿命なんて、あっという間に過ぎ去るだろう。

いつまでも答えが出ないように思えるが、シロにとっては数百年くらいじっくり考えて出したい答えなのだ。

焦らせたくはないんだけど……。

「ひとつ、可能性の話をしようかの」

「可能性……？」

天之御中主神の言葉に、今度は九十九が眉根を寄せる。

「新たに得た其方の神気だが、使いどころだとは思わぬか」

九十九には、神様の力を引き寄せる神気の性質がある。これのおかげで、八股榎大明神や道後公園では大変なことになってしまった。まだ力を上手く扱えていないせいで、周りにたくさん迷惑をかけている。

この力の、使いどころ？

九十九には、天之御中主神の意図がイマイチわからなかった。

道後公園では、ミイさんの神気を引き寄せて弱体化をはかったけれど、それ以外にもなにかできるのか。

あとは、九十九が神様に好かれやすいのは、この神気で引き寄せているから、とも聞いた。

「檻――とは、言わぬほうがいいのか。あれを神の座から、降ろす力にもなるのではないかの？」

「え……」

事もなげに言われて、九十九は露骨に表情を歪めてしまう。

「なんてことおっしゃるんですか！」

思わず、そう叫んでいた。

いったい、なにを言っているのだろう。天之御中主神の提示した可能性に、九十九は真っ向から憤った。

それって、シロ様に消えろって――。

天之御中主神は、誤解をされやすい言い方が多い。なにか真意があるかもしれないが、それにしたって、こんなのはないだろう。月子も、顔をしかめて天之御中主神に冷ややかな視線を向けていた。

「そろそろ刻限かの」

発言を訂正してください！　と、求める前に周囲の景色が歪む。もう夢が終わってしまうのだ。

月子や天之御中主神との会話もここでおしまいである。

「まだ……！」

どんどん視界が歪んでいく。

同時に、意識が覚醒していくのがわかる。

九十九は、なんとか夢にしがみつこうと腕を伸ばす。

けれども、その手は冷たい空気をつかむだけだった。

「………………」

見知った天井をながめて、九十九は覚醒を認識した。心臓がバクバクと高鳴って、額から汗が流れていく。

深呼吸して息を整えようとするが、なかなか上手くいかない。

時計を確認すると、いつもの起床時間だ。天之御中主神やシロが無理やり夢を切ったわけではなさそうだった。

あんな言い方……。

九十九は、夢でのできごとを思い返す。

いくら好意的に解釈しようとしても、むずかしい。

どうして、天之御中主神はあんなことを言ったのだろう。理解に苦しんだ。

「なんなの、もう……」

九十九はどうすればいいのかわからず、顔に手を当てた。

答えをくれる者はいない。

自分で考えろということだ。

2

　大学の授業は学科ごとに、必修単位が異なる。同じ学年であっても、学科が違えば学びの内容も変わった。

　高校よりも、大学は自由度が高くて、なにもかもが新鮮だ。とくに、専門分野を学べる専攻科目は興味深い講義ばかりだった。一年のうちは、まだ概論や基礎の授業が多いけれど、二年生以降は専攻を選ばなければならない。

　さらに、一年生や二年生のうちは他学科と合同の基礎教養科目もある。語学や情報などのほかに、九十九は郷土史研究の授業を履修していた。必ず取得しなければならない単位も多いが、これらも、ある程度は自分の好みで選べるのが面白い。

　郷土史研究は週に一回、京と同じ教室で受ける授業でもある。

　高校のときは、毎日一緒だったのに……でも、大学生活に慣れた今となっては、そんなに違和感がなくなっている。京と友達なのは変わらないが、お互いに環境が違うので、自然と受け入れた。

「今日は……と」

　九十九は郷土史研究の授業が行われる講堂へと向かう。

パラパラとシラバスを確認すると、今日は外部から俳句の講師を呼んでの授業らしい。詳しい内容がシラバスに書かれていないが、二コマ続きなので、とても楽しみだ。

大学の授業は高校とは異なる。受験のための勉強ではなく、ちゃんと「学問」をしていると実感できた。気分だけかもしれないが。

「あ、燈火（とうか）ちゃん」

講堂へ向かう途中に、燈火を見つけた。

九十九は声をかけようとするが、ふと、誰かと話していることに気がつく。

別の学科にいる子だと思う。なんとなく、顔に見覚えがあるのに、名前がわからなかった。

お友達かな？

ひかえめな性格の燈火が時折、笑顔を浮かべている。ぎこちないが、少なくとも相手に好意があるのだろう。声をかけないほうがいいかもしれない。

そういえば、小学校のころのクラスメイトと、ＳＮＳを通じて再会したという話をしていた。あの子だろうか。

しかし、相手の学生が気になった。

「それでさぁ、種田（たねだ）ちゃん。もっと、こう――」

小綺麗なトレンドアイテムでまとめた服は、どれも、よく見ればブランドものだ。大学生にしては、少々羽振りがよさそう。お嬢様かな？　どことなく、燈火と話す仕草も「上から目線」に見えた。

燈火は小さな声で、「うん……」とうなずくばかりに感じる。九十九としゃべっているときと、態度が違った。

だが、それも九十九の主観だ。燈火がスムーズに会話できる相手は数少ないので、きっと気のせいだろう。と、思いたい。

講堂へ入ると、すでに結構席が埋まっていた。

九十九はうしろから二番目、左奥の席に座る。京がこの辺りの席を好むのだ。本人いわく「適当にサボったり寝たりできる」かららしい。しかし、講堂は階段教室である。教壇から、どの学生の顔もちゃんと見えているはずなので、たぶん無意味な足掻きだろう。

「湯築さん」

座ってしばらくすると、燈火が現れた。もう友達との話は終わったようだ。もじもじとしながら、ひかえめに九十九を見ている。

「と、隣、座っていい？」

「それ毎回わざわざ聞かなくても、大丈夫だよ」

律儀というより、臆病だ。燈火はいつも、石橋を叩いて渡るような聞き方を九十九にする。九十九はそのたびに、「安心してよ」と笑っているつもりなのだけど。

「だって、嫌かもしれないし……」

「嫌じゃないよ」

にこにこして、隣の席を示した。

燈火は鞄を抱えたまま、チョンと居心地悪そうに座る。動きがぎこちなくて、頻りにスカートのうしろ側を気にしているみたいだ。

その動作に、九十九は若干の違和感を覚える。

「どうしたの？」

何気なく聞くと、燈火はビクンッと肩を震わせた。一瞬、こちらがなにか悪いことを言ってしまったのではと錯覚させられる。

燈火は背を見せないように、こちらへ向きなおった。

「どうもしないよ……前に、酷いこと言っちゃったから……湯築さんが許してくれたか気になって……」

誤魔化された気もするが、身に覚えのない内容に、九十九は首を傾げる。

「酷いこと？」

燈火は鞄を抱きしめて九十九から目をそらした。

「あの……その……ごめん」

「なんの話？」

「えっと……シロさん、いや、様？　と、あんまり進展してないって……」

あー……なんとなく、思い出す。

あの話は、九十九の中では優先順位が下がっていたので、すっかりと忘れていた。燈火から、「シロを我慢させている」と、指摘された件だ。

「それについては、シロ様もそんなに深く考えてなかったみたいで……全然、気にしてなかったよ」

苦笑いしてやり過ごすが、燈火の表情は晴れていなかった。むしろ、余計に思い詰めたような沈黙が流れる。逆に九十九が、なにかまずい発言をした気分になった。

「ボク、自分ばっかりで、湯築さんの気持ち考えてなかったから……でも、湯築さんも同じだったのかなって思うと、どうしても謝りたくて」

「そんな、謝らなくっていいんだよ？」

「あのね、湯築さん。神様って、なにが好きなの？　塩？　水？　葉っぱ？」

「は、はい？」

あれ、質問の繋がりがわからないぞー？

すると、燈火の抱きしめていた鞄から、もぞもぞとなにかが動く気配がした。燈火は慌てて、鞄の口を少しだけ開けてみせる。

「お、大人しく、して……ください」

九十九が中をのぞき込むと、小さな赤い光が二つ。こちらを見ていた。

「ミイさん？」

半信半疑で聞くと、燈火がコクコクとうなずいた。

「ついてきたいって、言うから……」

「え、ええ……？」

だからって、鞄の中に蛇……いや、神様を入れなくても。

九十九はミイさんが心配になったが、白い頭を少しだけ出して、細い舌をチロチロとさせている。暴れたりしていないので、本人も了承のうえで鞄に入っているのだ。これでいいのだろうか。

でも、シロが知ったら「儂も！」とかなんとか言って真似をしそうな気もする。

「神様のお相手って、すごく大変だね……ボク、湯築さんに軽率なこと言っちゃった……どうやって、おつきあいすればいいか、わからないんだよ……」

燈火が暗い顔でうつむく。

やっぱり、普通の人として過ごしてきた燈火と、ミイさんのおつきあいは、むずかしかったのだろうか。

「ボク……全然、わかんなくて……」

「うん、燈火ちゃん。相談にのるよ」

燈火が思い詰めているように見えて、九十九は神妙な面持ちを作る。今、燈火の悩みを聞いてあげられるのは九十九だけだ。燈火の力になりたかった。

「毎日、お布団で一緒に寝たり、ご飯食べたりしてるよ。あと、お城のイルミネーション見に行って、それから、買物も行ったけど、おつきあいってこんなんであってる？　神様とのデートって、どうすればいいの？」

燈火が真剣な眼差しで迫ってくる。あまりに鬼気迫っていたので、九十九は気圧されて身体をうしろに倒した。

それ、わたしより進んでる気がするよ！

まだ二人きりのデートにも出かけていない九十九の出る幕ではなかった。とても順調そうなおつきあいに見える。むしろ、教えてほしい。

「ミイさん、なんでも楽しいって言ってくれるけど、ボクにあわせてるんじゃないか心配になっちゃって」

「じゃあ、きっと楽しいんだよ！」

「日本の神様だし、クリスマスプレゼントより、お年玉のほうが喜ぶかなって」

「お年玉は、なんかちょっと違うんじゃないかな……」

「門松!?」

「門松は、別の神様を迎えるためのものだよ」

「そうなの?」

「うん……一般的には。でも、ミイさんが喜ぶなら、お年玉でもいい、のかな? というか、これミイさんの前でしてもいい話?」

「あ、そうだった。ミ、ミイさん、聞かなかったことにしてください」

『わかった』

燈火が鞄に話しかけると、中からミイさんが答えた。聞かなかったことって……たぶん、ミイさんも、なんとなく雰囲気で返答しただけの気がする。

案外、上手くいっているようで、九十九は内心ほっとした。

「それにしたって、どうしてミイさんは大学にまでついてきちゃったんです?」

シロだって、使い魔として大学に来るが、外で待機している。同じように、燈火を見守っていることだって、できるはずだ。

『まだ燈火への私怨は消えていないから、心配』

九十九の疑問に答えるように、ミイさんの声がした。直接頭に語りかけている。テレパシーみたいだ。

結局、道後公園で燈火を襲ったのは、ミイさんの一側面だった。けれども、その引き金となったのは、燈火に向けられた私怨の感情だ。

脅威は完全に取り除かれていないというのが、ミイさんの考えなのだろう。

「でも、私怨って……ネットの向こう側にいる人の感情なんて、コントロールできないじゃないですか」

燈火はＳＮＳのインフルエンサーだ。多くの人から注目される存在で……言い方は悪いが、アンチユーザーは一定数いる。最初は九十九も理不尽だと憤ったが、ある程度はしょうがないと割り切る必要があるらしい。

私怨を根絶するのは、無理だと思う。燈火ほどネットは上手くないが、それくらいは知っていた。

燈火は引っ込み思案で、自分に自信がない。だからこそ、ＳＮＳを表現の場に選んでいる。

九十九は、それをいいことだと考えていた。燈火が自分を表現できる場所となっているのだから。

けれども、燈火を知らない人間には、彼女の華やかな一面しか見えていない。燈火にはどうしようもない事柄だ。

『そう単純だといいね』

「単純？」

ミイさんの言い方に含みがある気がした。

『最終的には、僕の嫁にするからいいんだけど』

「そ、それは……燈火ちゃんの気持ちを大事にしてくださいね」

ミイさんは、なにを考えているのかわかりにくい。ふわっとした雰囲気の受け答えをしているのに、燈火を「嫁にする」という部分は変える気がなかった。

九十九が口を出すことではないかもしれない。しかし、相手は神様だ。燈火は今のところ嫌がっていないし、上手くいっているけれど……。

ずっと一緒にいられるわけじゃないのに。

無意識のうちに、そう考えていた。

九十九は首を横にふる。

わたし、なに考えてるんだろう。

九十九はそれでも、シロを選んだではないか。そして、天之御中主神から示された選択も断った。永遠に一緒じゃなくてもいいと、言った。

なのに燈火なら、どういう選択をするのか気になってしまう。仮に、燈火がミイさんに嫁入りしたとして、どんな生き方になるのだろう。

九十九と同じだろうか。

それとも……。

他人の選択は、関係ない。

でも、気にしてしまう。

いまさら……。

「お、ゆづー。種田ー。おつおっつ！」

講堂の入り口から、京がブンブン手をふっている。

オレンジの髪色が派手で目立つが、服装はあいかわらずのジャージだ。それでも、耳に大きなピアスをつけていたり、リュックやスニーカー等の小物がお洒落で可愛かったりするせいか、そこまで物臭に見えないのが不思議だった。

ミイさんは、サッと鞄の中へ引っ込んでいく。

授業のチャイムが鳴った。

京は教員が来る前に、ササッと燈火の隣に着席する。


本日の外部講師は――と、紹介された途端、九十九は両手で口を押さえた。思わず、名前を呼んでしまいそうになったからだ。

黒板には、シラバス通り「本日のテーマ：俳句」とある。

「正岡常規(まさおかつねのり)先生です」

「どうも、よろしくたのまいね」

愛想よく笑いながら教壇へあがったのは、渋い紺色の着物姿の男性。つい最近も見た顔に、九十九は反応せざるを得なかった。

俳句の授業に正岡子規って、贅沢すぎなのでは⁉

しかしながら、こんなにあからさまな出で立ちなのに、教室の誰も子規だと気づいていない。

ちなみに、子規というのは俳号であり、本名は常規という。つまり、俳句の神様が本名で教壇にあがっている。

萬翠荘でも言っていたが、本当に誰にも気づかれていない……俳句の授業なのだから、誰か指摘したって不思議ではないのに。

「なああ、ゆづ。あの先生さぁ……」

京が、こっそりと九十九に話しかけてくる。間に座っている燈火も、なにか言いたい様子だった。さすがにバレてる？

「字、汚くない？」

京の言葉に、九十九はズコッと身体を傾かせた。燈火も、「うんうん」と首を縦にふっている。

「いや、あれは達筆って言うんだよ……」

黒板に書かれた子規の文字は、縦書きの文字が全部繋がって見えた。おそらく、紙に筆なら見栄えがするが、チョークだと読みにくい。

そういえば、アイドルが電車にのって移動していたって、全然気がつかれないというのをモニタリングしている番組なんかもあったっけ。

偉人と言っても、すでに故人だ。生活空間に存在していたとしても、本人とは結びつかない。むしろ、常日頃から神様に囲まれていて、「どこに誰がいるかわからない」と思っている九十九のほうが特殊なのだ。

「なんぞね、そこ。あしが色男って話かね」

私語をしていたのがわかったらしい。子規は九十九たちを見ながら、ニヤリと笑った。

「ジャパンプのISSEに似とるって、よう言われるんよ」

子規がキラーンと歯を輝かせながら親指を立ててステップを踏んだので、九十九は苦笑いした。

子規様、それは無理筋なんじゃないですかね……。

芸能人にそっくりだというジョークに、講堂からクスクスと笑いが漏れる。ウケているというよりは、「なに言ってんの？」という雰囲気だ。京もプッと噴き出して、「ないわー」と両手を叩いていた。

けれども、つかみは悪くなかったようだ。どことなく空気が温まってきて、よいアイスブレイクになった。

「じゃあ、今日はみんなに俳句詠んでもらおうかのう」

教壇に立った子規がニマッと唇の端を吊りあげる。発音がのんびりとした伊予弁なので、あまり威厳はない。ゆるっとした空気のまま授業が進む。

「先生、講義はー？」

質問する学生の口調もフランクだ。和気あいあいとして楽しげな雰囲気が形成されていた。

「ワークショップってやつじゃ。できたら見してみぃ。あしが見ちゃるけん」

なるほど、と学生たちも即座に理解したのがわかった。

松山市は、正岡子規だけではなく多くの俳人を生み出した土地だ。街の観光スポットには、俳句ポストが設置されて年中、俳句の投書を受けつけていた。「文学のまち」として、様々な取り組みがされている。

毎年開催される俳句甲子園も、その一つだ。全国から高校生が松山に集まり、俳句を詠んで競う。

なにかと俳句に触れる機会が多い県民だ。いきなり「俳句を作りましょう」と言われても対応できる。謎の安心感。

学生の視点だと、「はいはい、いつものアレね」といった空気だ。とはいえ、大学に入ったら、国語の授業もなかったので久々の俳句ではある。

「スマホも使ってえええぞ。盗作だけはいけんよ」

教室の前からプリントが回ってくる。俳句を書く用紙と、代表的な冬の季語が一覧となっていた。県外からの学生も多いし、九十九たちだって季語をたくさん覚えているわけではないので、これはありがたい。

俳句とは基本的に、五・七・五の短文で構成される定型詩だ。季語が入る必要はあるが、その他は自由だった。ちなみに、季語が入らないものは川柳と呼ぶ。サラリーマン川柳などがテレビでとりあげられ、ブームになったこともある。

最も気軽に触れられる文学かもしれない。

「はい、できたー！　余裕、余裕！」

九十九たちのグループで、一番最初に手をあげたのは京だ。

京は自信ありげに、九十九たちに俳句を書いたプリントを見せてくれる。

「スパダリな　布団が彼氏　冬の朝」

はい、京らしい一句だね。

九十九は思わず苦笑いした。燈火は京に遠慮しているが、それでも笑いを堪え切れていなかった。かえって、「ぶっ」と噴いてしまっている。

「気持ちはすごくわかるかも……」

「やろー？　種田、わかっとるやんー？　お布団は、うちのスーパーダーリンよ。あの包容力と、悪魔的な魅力は人間の男には出せんわ」

京はいつもの調子で、燈火の肩に手を回した。あまり対人関係に慣れていない燈火は、京との距離感をはかりかねているのか、顔を引きつらせている。

「ボクも……できそう」

今度は燈火がつぶやいて、プリントに向かう。みんな速い……他の学生も、とりあえず書いていた。

九十九はと言うと、いい単語を思いついては指折りで字数を確認して頭を抱えている。芸術のセンスはまったくない。文才なんて、もっとない。

九十九が苦戦している間に、燈火はスラスラとプリントに句を書き込んだ。

「不夜の街　それでも消えぬ　オリオン座」

燈火の詠んだ句に、九十九と京が顔を見あわせる。

「なんか、燈火ちゃん……」

「種田、詩人やね？　いや、俳句やけど」

思っていた以上に詩的な俳句に、燈火のセンスがうかがえた。

燈火は恥ずかしそうにうつむいたが、まんざらでもなさそうだ。顔を赤くしているが、嬉しそうだった。

「ときどき、ポエムも書くから……」

「多才だね」

九十九がニコリとすると、燈火は「あ、ありがと……」とつぶやく。

京の素直な俳句も、燈火の詩的な俳句も、どちらも素敵だ。二人が思い描いている景色が、九十九にも見えてくるようだった。

ハードルあがるなぁ……九十九は、うーんと考えて、シャーペンを出したり引っ込めたりする。

「なんぞね。まだ書いとらんの？」

ひょいっと、九十九のプリントをのぞき込んだのは子規だった。講堂を回って、学生たちの相談にのっている。

九十九は反射的にプリントを隠したが、遅かった。

「どれどれ、見してみぃ。ほうほう。【冬の朝】に【オリオン座】、ええやんけ。二人とも、若い感性持っとらい」

「せんせー、わかっとるやん！」

子規に褒められて、京は得意げだった。相手が俳句の神様と知らないとは言え、かなり親しげな話しかけ方である。高校のころからお調子者だったが、あいかわらずだ。子規は怒ることなく「ほうやろ？」と、カラカラ笑っている。

「うーん……」

九十九は悩みながら、シャーペンを動かした。

指で字数を確認して、よし大丈夫。

「ポケットで　両手温め　春を待つ」

とか……？

自信はないが、書いてみた。

燈火みたいな表現も、京のような親近感も九十九には作れない。小学生のころ、宿題を見てもらったときと、あまりレベルが変わらないだろう。

「ようできたやんけ」

それでも、子規は九十九の頭に手を置く。

雑になでられて、ちょっと嬉しかった。

生前の子規は、外交的で行動的な性格だったと伝えられている。高浜虚子（たかはまきょし）など、多くの弟子を育てあげた指導者としても活躍していた。子規は人に好かれる性分であったと言われている。

そんな子規にとって、大学での講師は楽しみの一つなのだろう。学生がどんな句を作っても、順番に褒めた。

「気に入った句は、次のコマで読みあげてもらうけんのう。準備しとき」

子規は九十九たちにそう言って、次のグループへと回っていく。

「あれ……？」

さて、もう少し作ってみようかな。そう思った矢先、燈火が机のうえにペンケースを引っくり返す。

ガラガラとカラーペンやボールペンが転がった。

「どうしたの？」

なにかを探しているようだ。

燈火は、困った顔でペンケースの中身を全部出していた。

「いや……えっと……なんでもないよ」

「なんでもないの？」

燈火は、明らかになにか言いかけたが、やめてしまう。その様に違和感があり、九十九は心配になってきた。

カラーペンに、油性ペン、シャーペン、ボールペン、ペン型はさみなど、燈火のペンケースには筆記用具一式が揃っている。

けれども、普通は入っているものが確認できなかった。

「消しゴムないの……？」

九十九に言い当てられて、燈火は露骨に焦りはじめる。

「……忘れてきたみたい」

嘘だと思った。

直感だけど、ただの忘れ物でこんなに慌てたりしない。

「午前中の授業では、使ってたよね」

「………」

燈火は視線を泳がせているが、頑なに九十九を見ようとはしなかった。

あまり人を疑いたくない。

でも、九十九の中には、引っかかることがあった。

「誰かに盗られた、とか」

「ち、違うよ。きっと、落としたんだよ。ボク、そそっかしいから……」

その可能性はある。

でも、燈火には心当たりがありそうだった。


――そう単純だといいね。


ミイさんは、燈火への私怨が消えていないと言っていた。

ネットで注目を浴びて集めた私怨ばかりではない――身近なところに、燈火へ強烈な感情を向ける人物がいるのではないか。

あまり人を悪く思いたくない。でも、燈火が嫌がらせを受けていると思うと、放ってなんておけなかった。

そういえば、燈火が席につくとき……九十九は、よくないことを承知で、燈火のスカートに手を伸ばした。

「あ……」

スカートというより、いわゆる腰巻きだ。ダメージ加工のズボンの腰に、巻いてあるタイプのスカートだった。黒い布地を少し引っ張って、九十九は顔を歪める。

「酷い……！」

燈火のスカートは切り裂かれていた。カッターかなにかで、スパッと切ったのだろう。幸い、下にズボンを穿いているので下着などは見えていない。

「こ、これは……デザインなんだよ。ボク、こういうの好きだから」

「ううん。燈火ちゃんの洋服は、もっとオシャレで可愛いよ」

燈火はダメージ加工の服が多いけれど、これは明らかに違う。こういったものは、糸がほつれすぎないように縫われているものだ。けれども、その痕跡は見当たらない。それに、この切り方はオシャレではなかった。

さっき、座り方がおかしかったのは、これを隠そうとしたからだ。

遅かれ早かれ、授業が終わって、立ちあがったらわかりそうなものなのに……燈火は嘘をつくのが下手すぎる。そこが彼女のいいところではあるけれど、今回は褒められなかった。

「さっきの子？」

「…………」

問いに燈火は、わざとらしくサッと目を伏せる。

当たりだと直感した。

「SNSで、昔のお友達と仲良くなったって言ってたけど……」

人を疑うのは性にあわない。

言いながら、九十九のほうも気分が悪くなっていった。本当は、こんなことなんて聞きたくないのに。

「確証ないから……きっと、関係ないよ。浜中（はまなか）さんは、ボクの投稿たくさん褒めてくれるし……さっきも、昨日アップした写真よかったよって……あと、構図のアドバイスも、もらっちゃった。とっても、よくしてくれるんだよ……」

聞きながら、九十九は自分の顔が暗くなっていくのを感じる。

「浜中さんは、ボクよりSNS歴長いんだよ。すごいベテランで、いろんなこと教えてくれるんだ……ボクがバズると、すごいねっていつも言ってくれる。だから……湯築さんが思ってるような関係じゃないよ。本当に」

燈火に、なんと返せばいいのだろう。

言葉を継ぐ燈火に、九十九は閉口するしかなかった。

「はー……あのさぁ、種田」

困り果てた九十九の代わりに声をあげたのは、京だった。机に肘をつき、気怠(けだる)そうに燈火を睨んでいる。

「うちは、種田とは週一のつきあいやけん、知らんけどさ。褒めてくれるから、いい子なんて、そんなんないよ」

いつもより、キツい言い方だった。以前に、九十九と喧嘩したときの京を思い出してしまう。

燈火は小さく肩を丸めていた。

「にこにこしながら褒めあって、裏でお互いの悪口言っとるとか、普通やん。うちには、その浜中って子が、種田をいいようにコントロールしよるように見えるんやけど」

「ちょっと、京。あんまり知らないのに、そんな言い方——」

「知っとらい。浜中はうちの学科やけん」

京は九十九を遮って、強めに言った。

「いっつっつも、ブランド物ひけらかして、派手な女子何人か引き連れとるよ。大声で、スマホいじりながら誰かの陰口言いよらいって思っとったけど……あの子、周りの女子に、種田のＳＮＳ見せながら馬鹿にしとったよ。tokaって、種田のアカウントなんやろ？」

京は面倒くさそうに息をつき、うなじを掻いた。

「本当は、言わんつもりやったけど、実害あるんなら、黙っとくんもフェアじゃないけん」

「京……」

「お互いに嫌いやっても、それなりにつきあえるもんやろ。それが協調性？　社交性？　そんな感じのアレ。集団生活のマナーよ。でも、服切り裂いたり、物盗って隠したりするような相手やったら、無理やろ。いつか破綻すらい」

たしかに、そうだ。

人間関係は単純ではない。嫌いな相手とも、ある程度はつきあっていく必要に迫られるものだ。

しかし、燈火が受けているのは……嫌がらせだろう。喧嘩なんて対等なものではない。いじめと呼んでしまってもよかった。

「いじめって、便利でヌルい言葉よな。うちは嫌いやわ。こんなん、窃盗と器物破壊やろ。胸くそ悪いわ」

京、たぶん器物破損だと思うよ……というツッコミは、この場では不適切なので九十九は黙っておいた。

「器物破損？」

　黙っておいたのに、燈火が聞き返すので九十九は、苦笑いしそうになる。京もばつが悪そうだ。

「こういうの、前からあったの？　燈火ちゃん」

「…………」

「他にも、いろいろあったんだね」

「……ち、違……そうじゃないんだよ……だって……きっと、ボクが悪い……駄目な人間だから……」

　ミイさんが単純ではないと言ったのは、こういうことか。

　ただのSNS上での私怨ではない。

「普通の人は、人のものを盗ったり、洋服を切ったりしないよ。それに、自分のことを駄目な人間なんて言わないでほしい」

　燈火は自己肯定感が低い。いつも自らを卑下するが、今回は強めに注意した。

　九十九に諭されて、燈火は息を呑む。

　なにも言い返せないまま、うつむいてしまった。

「あー、もう……こういうの苦手なんやけど」

　九十九と燈火のやりとりを見て、京が短い髪の毛を掻く。

「うちだって、ゆづに隠しごとされてイラ～ッとしたときあったし。友達やと思っとんなら、言いたいこと直接、言いあってみたらどうなん？　それで仲よくできるなら友達やし、縁が切れたら、それまでよ。学科も違うし、無理につきあう必要ないし」

高校のとき、九十九は旅館の仕事に夢中になりすぎて、京をおざなりにしてしまった。怒った京に本音をぶつけられるまで、九十九はそれに気がついてもいなかったのだ。思い返すと、恥ずかしい。

でも、あのとき京の本音を聞けてよかった。

今の京や九十九の言い方はよくない。燈火にはキツすぎるだろう。

けれども、間違っているとも思えなかった。

九十九は浜中をよく知らないけれど……燈火を見ていて、京と同じことを感じたからだ。

でも、もしも……九十九が燈火の立場だったら。

人を疑いたくない。信じていたい。

悪意と向きあうのは、覚悟が必要だ。その黒い感情を直視するだけで、気分が悪くなる。だったら、目を背けたほうが楽。

見なかったふりをして、自分が我慢していればいい……こんな場面に直面した経験がない九十九は、恵まれている。きっと、人づきあいを避けてきた燈火も同じだ。

自分が悪いことにして、悪意から目をそらすのは楽だろう。

九十九には、燈火が浜中を庇(かば)う気持ちが理解できてしまった。

「…………」

燈火はうつむいたまま、じっとしていた。

足元に置いた鞄から、ミイさんの顔が見えている。わざわざのぞき込まないと、誰にもわからないだろうが、燈火を慰めようとしているのか、『燈火』と名前を呼んでいた。彼も燈火が心配なのだ。

授業のチャイムが鳴る。

一コマ目が終わり、休み時間が挟まった。

「ボク」

ガタンッ、と。

椅子の音を鳴らしながら、燈火が立ちあがった。九十九たちに表情を見せないまま、席を離れる。

「聞いてくる」

止める間もなく、燈火は大股で歩いていく。いつもの引っ込み思案でひかえめな燈火とは思えない速さだ。

「燈火ちゃん⁉」

「種田⁉」

九十九は慌てて燈火を追いかけた。京もついてくる。

燈火が目指したのは、講堂の右側——浜中と、その友人たちが座っていた。

たしかに、「言いあったら」と京に忠告されたが、行動が早すぎる。燈火は臆病だけど、決めたときの瞬発力が高いようだ。

燈火は、やると決めてしまったのだろう。

近づいてくる燈火に気づいて、浜中たちの視線が集まる。

浜中は一瞬だけ、露骨に面倒くさそうな顔を浮かべたが、すぐに愛想笑いをした。その表情の変化を見逃さなかった九十九は、やはり嫌な気持ちになる。

この視線の意味に、燈火だって、薄々勘づいていたはずだ——。

「ボクの……消しゴム知らない？」

開口一番、問われて浜中は口を曲げる。

「知らないよ。種田ちゃんさぁ、そんなこと聞きにきたの？」

浜中は苛立ち(いらだ)を隠さず、燈火を威圧していた。対等な立場の友人ではなく、上から燈火をコントロールしようとする言い方だ。

京の言っていたことが正しかったと裏づけられた気がする。

「あと、これ……」

燈火は声を震わせながら、破れたスカートを見せた。浜中は、やはりめんどう面倒くさそうに答える。

「それ、さっき聞きそびれちゃったんだよね。どっかで引っかけたのかなって。スカート破れてるって、なかなか言い出しにくいでしょ。種田ちゃん、いつもビリビリの服着てるからファッションの線も捨てきれなくって」

言いながら、浜中の顔はニヤニヤとしていた。

たしかに苦しい言い訳だが、筋はとおっている。燈火のファッションが特殊なのも事実だった。けれども、この態度を見ていると、どうしても疑ってしまう。

九十九が周りの子たちを確認すると、サッと目をそらされた。

燈火と浜中が話している間に、誰かがうしろから切ったのかも……そんな想像をしてしまった。なんの根拠もないのに。

こんな想像で人を疑うのも、九十九にとっては苦しい。たぶん、燈火も同じだろう。寒くもないのに、身体をガタガタ震わせている。

「燈火ちゃん」

行こう。もう関わらないほうがいいよ。わかったでしょ。相手にしないほうがいい。

九十九は燈火の手を引こうとした。

「ボクに言いたいことがあったら、直接……その……言ってほしい」

けれども、九十九が声を出す前に、燈火は浜中へ歩み寄る。

浜中は怯んだように黙ったが、すぐにキツい表情で椅子から立ちあがった。

「なにそれ？」

「……………」

おどおどとしている燈火と、堂々と見おろす浜中。二人が向かいあっている様に、九十九もハラハラさせられる。

「盗ってねぇよ。知るか。つか、なんで今？　空気読め」

浜中は威圧するように、机をバンッと叩いた。燈火は肩を震わせるが、決して引きさがろうとはしない。

「……本当は知ってたんだ……浜中さんの、えっと……裏アカ」

燈火がぼそりとつぶやく。

裏アカとは、裏アカウントの略。SNSで、こっそりと作ったアカウントだ。メインのアカウントとはわけて、別の運用をするらしい——例えば、他人の悪口を言うために作ることもある。

裏アカと聞いて、浜中の顔が歪む。

「毎日、キツいコメントされるから、気になっちゃって……ガラスに反射して、顔が薄ら写ってたよ……加工かけないと、よく見えないから気づいてなかったと思うけど……」

燈火に指摘されて、浜中は反射的に自分のスマホを見おろした。

だが、その行動が図星だと自白している。反応した時点で、浜中は裏アカを使って燈火に嫌がらせのコメントを送っていたのを認めたことになっていた。

燈火へ向ける浜中の視線が変わる。

見下したような笑みではなく、睨みつけていて……敵を前にしているようだと感じた。

「それに、その……言ってる内容が、ときどき……浜中さんの言葉にそっくりだった。似たような愚痴とか、言葉づかいとか。なんでバレないと思ってたのか、わかんなくて……これは、浜中さんを装ったアンチだって、思うようにしてた……」

浜中は舌打ちしながら、スマホを机に置いた。

「気づいてたんなら、もうこれ以上、調子のんないでよ」

浜中は開き直った態度で腕組みする。

「ネットでイキってると、ムカつくんだよ。あんた自身には、なんの価値もない。それ、わかってんの？」

浜中は高圧的な態度で言葉を並べていく。まるで、説教でもしているようだ。燈火がどんどんうつむいて、背中を丸めていった。

「昔から変わんないよね。なに目立とうとしてんの？　身のほど弁えて、大人しくしてればいいのに。こんな変な服着ちゃってさ。どんだけ承認欲求強いの？」

黙って聞いていられそうになかった。

浜中の言っている内容は自己中心的だ。燈火は、やっと自分を表現できる場所を見つけたのに、どうして否定するのだろう。

小学生のころ、伊予万歳を貶(けな)したのだって、そうだ。彼女は燈火の行いにケチをつけたいだけではないか。

今だって、「身のほどを教えてやっている」という本音が見え透いている。意識的か、無意識的か、燈火を自分の好きなように動かしたいのだと感じる。

「燈火ちゃんは――！」

なにか言い返さないと気が済まない。九十九は我がことみたいに憤って、燈火の前に出ようとする。

「ボクは、目立ちたいわけじゃない！」

九十九がしゃしゃり出るよりも先に、燈火が声をあげた。

「好きなことがしたいだけ……」

泣きそうな声だった。

でも、燈火の叫びのようにも感じる。

「浜中さんと仲直りできたと思って、ボク嬉しかったんだ……お洒落な写真の撮り方も参考になるし、文章だって綺麗だよ……ボク、浜中さんみたいになりたくて――」

「今は、あんたのほうがフォロワー多くなったじゃん。小馬鹿にしないでよ！」

今度は浜中が声を荒らげる。

さっきまでの高圧的な態度が消え、焦っている――こちらが、彼女の本心だろう。

「でも、いろいろ教えてもらったのは本当だし……」

「あたしの構図パクって、フォロワー増やしたくせに。フィルターだって、同じの使うのウザイんだよ。あんたがはじめるより前から、こっちはずっとやってんの。なのに、なんでみんな、あんたのほうがいいわけ⁉」

「さ、参考にしただけだよ。そもそも、ジャンルが違うし……それに、フォロワー数なんてボク気にしてない。たくさん反応もらえると、嬉しいってだけで……」

「似たようなこと言ってるのに、なんであんたのほうが伸びるのよ。運営に好かれてるからって、いい気になるな！　わざわざ運営アイコンのカラーリングを写真に入れ込むの、媚びてんの⁉」

「う、運営……？　し、知らないよ。好かれるって、どうやって。レコメンドとか、トレンドにのりやすいキーワードは、研究してるけど……」

「あたしのほうがイイネ多いときでも、あんたのほうが上位表示だろ！」

「それ、アルゴリズムがあるって噂で……」

「そんな言い訳、聞いてない！　あと、あたしの投稿全部にコメントつけてくるのイラつく。仲よしごっこさせられる身にもなってくれる⁉」

「仲がいいと……思ってて……」

「だから、そういうのがわかんない」

浜中は大きなため息をつきながら、髪を掻き毟る。苛立ちをどう発散すればいいのかわからないようだ。

このままだと、喧嘩になる……今にも燈火につかみかかってきそうだ。

浜中も最初は、本当に燈火と仲直りするつもりだったのかもしれない。しかし、燈火に追い越された途端、嫌がらせをせずにはいられなかった。燈火と立場が逆転してしまうのが許せなかったのだろう。

自分本位だが、理解はできる。

九十九に共感はむずかしそうだけれど。

そして、二人がわかりあえる気がしなかった。

浜中の言い分には、自分の都合で解釈した妄想も混じっている。冷静ではない。こんな相手と、きちんと話しあうのは無理だ。

少なくとも、今この場では。

「…………」

「…………」

燈火と浜中は、お互いに黙り込んでしまった。

まだ言い足りないことはあるだろう。けれども、言ったところで、無駄だと気づいているのかもしれない。

浜中がため息をつきながら、席に座る。スマホをいじり、まるで燈火がそこにいないかのように振る舞った。周囲の友人たちも、余所余所しい態度でそれにあわせる。

「ごめん……」

燈火は小さすぎる声で言って、踵を返した。

そのまま講堂の外へと行ってしまうので、九十九も追いかける。次の授業もあり、単純に心配だった。

京は肩をすくめながら、もとの席へ戻っていく。

♨　♨　♨

もう子供やないけん。自分らでなんとかするじゃろ。

そんな心持ちで、子規は教壇から学生たちの様子をながめていた。ちょうど、湯築の娘と、その友達が講堂を横断するように歩いている。

幸いにして、講堂内は学生たちが自由に立ちあがり、がやがやとした雰囲気だ。俳句を作った者は、余裕の表情で雑談に興じている。もうすぐ一コマ目も終わるのもあり、子規はとくに咎めず、自習のようなものと考えた。

聞き耳を立てれば、九十九たちが話している内容がわかる。

若いのう。

子規はあえて仲裁に入らず、階段になった講堂を歩く。

ＳＮＳは、ようわからんが、ああいう嫉妬や悪意は、自分が生きているころにもあった。ありえない妄想や執念に取り憑かれて、周りが見えなくなるのだ。明確な評価軸が存在せず、優劣の基準があいまいな世界では、自分を正統化する言葉を求めてしまう。

そして、その嫉妬や悪意に鈍感な、否、鈍感であろうとする者も、また存在した。お互い、無意識のうちに悪い方向に作用してしまう。

だが、これにつける薬はない。

当人同士が解決するか、決裂するしかないのだ。

「無粋な真似は、せんほうがええ」

子規は講堂の左後方で立ち止まる。

近くに学生はいない。九十九たちが座っていた荷物だけが残されていた。

『…………』

鞄の中で蠢く黒い気配。開いたままの口から、赤い瞳の色が見えた。

真っ黒な蛇が、外をのぞいている。

ミイさんだ。

子規は鞄のそばに身を屈め、声をひそめた。

「あしじゃあ、お前さんには到底敵わんが……そいでも、あの娘さんのことを考えるなら、やめちゃれよ」

黒いミイさんは、じっと子規を見据えたままだ。

なにも語りかけてこようとはしない。

「あれは人の正常な営みやけん。神が手を出す事柄やないんよ。ここは大人しく見守ってやらんかね？」

この蛇は自分と同じ神だ。

しかし、同類ではない。妖が祀られ、神となった存在だろう。子規とは成り立ちが異なり、単純な力比べでは敵わない。というより、神としての子規は、そこらの妖とそう変わらぬ。

それでも、この場でミイさんを制止できるのは子規ぐらいだ。九十九にもできるかもしれないが、今は友人の問題で手一杯である。

「あしは、先生やけんのう」

非常勤であっても、若者の成長を見守ってやるのが教師の役目だ。

ミイさんは二面性を持った神である。荒ぶる気性の黒い蛇を、白い蛇が抑え込むことで神としての性質を保っていた。

なんらかの力によって、その均衡が破れ、分離してしまうこともあるだろう――だが、本質的には一柱の神だ。

ミイさんは自らの意思で、黒い蛇の性質に変じられる。

黒い蛇となり、どうするつもりだったか。燈火という娘を貶める相手を呪う気であったのかもしれない。あるいは、噛み殺しにでも行くつもりだったのか。

「人の価値観を持たぬお前さんにはわからんだろうが、そりゃあ、あの娘のためにはならんぜ」

なにかを言いあったあと、燈火と九十九が講堂から出て行くのが見える。

「聞いとうみぃ。要らんって言わい」

そう告げると、ミイさんの身体の色が変化していく。まるで、毛を逆立てた猫が大人しくなるように、体表を黒から白へと戻した。

ミイさんは、なにも言わぬまま鞄からシュルリと外へ出る。どうやら、彼女たちを追うようだ。普通の人間には、目に見えぬ素早さで講堂から出て行った。

「ふう……」

子規は流れた汗を隠そうと、袖で拭った。

「いざとなったら、シロさんに頼まないかんかったけんのう……多少、ものわかりがようてよかったわい」

巫女を見守る過保護な神を思い浮かべながら苦笑いする。昔から、シロは九十九を甘やかしていた。

「せんせー、なんしょん？」

席に、九十九と一緒にいた学生が戻ってくる。たしか、麻生京と言ったか。

「なんもしよらんよ」

「ふーん」

子規はニコリと笑って誤魔化しておく。

彼女は、知らないほうがいい人間だ。

「そう。あんたの句、気に入ったけん、次のコマで発表してくれんかね？」

「ええー！　めんど！」

京の批難を涼しく受け流し、子規は教壇へと向かう。二人ほど学生が戻ってきそうにないが、しょうがない。

♨　♨　♨

「燈火ちゃん」

講堂から離れて校舎から出ると、燈火が立ち止まっていた。チャイムの音が響き、休み時間が終わったのがわかる。

「大丈夫……じゃないよね」

九十九は近づきながら、燈火になんと言葉をかければいいのか迷う。

浜中が燈火に浴びせた言葉は厳しいものだった。尖ったナイフみたいな罵倒で、燈火を傷つけた。

彼女は燈火に傷つけられたと感じていた。だから、その仕返しだと思っているのかもしれない。第三者の九十九にとっては、被害妄想だ。しかし、当人にそれをわからせるのは、ひどくむずかしいと感じさせられた。

いつの間にか、九十九の足元に白い蛇が這っている。ミイさんだ。燈火の鞄から抜け出してきたらしい。

「本当はボク、わかってたんだ」

キャンパスの隅に座り込みながら、燈火が肩を震わせた。

「見ないふり、しようとしてた……でも……仲直り……できると思って……」

燈火は顔を両手で覆う。時折、袖で涙を拭きながら嗚咽を漏らした。

九十九がハンカチを差し出すと、燈火は「ご、ごめん……」と謝りながら受けとる。

『聞いてこいと言われた』

ミイさんは、燈火の正面へと移動する。蛇の姿のまま、チロチロと舌を出しながら燈火を見あげた。

聞いてこい？　なにを？　誰に？

九十九は首を傾げた。

『呪い殺そうか？』

ミイさんが、燈火に問う。

その瞬間、九十九の背筋がゾッと凍る。

純粋過ぎる言葉に、悪気はない。

ただ、ミイさんはできることを提示したつもりだろう。

燈火のために、浜中を呪い殺そうと――。

「駄目だよ、燈火ちゃん」

ミイさんの問いは、神らしいと言える。神が報復をする神話は、世界中にたくさん残っていた。

彼らは人間とは違う道徳、価値観を持っているのだ。

ときに、人に対して危うい選択を迫ることだってある。

神から提示された選択を間違えれば、どうなるか。

九十九は知っている。シロや、月子の顔が脳裏に浮かんだ。

「……ううん。そういうの、怖い」

ミイさんの問いに、燈火は首を横にふった。九十九が貸したハンカチが、落ちた化粧で黒ずんでいる。

九十九はひとまず安堵した。

『そうか、残念。じゃあ、やめる』

ミイさんは、燈火に断られてしょんぼりとしていた。だが、これ以上は、燈火に提案しない。自分だけで報復しようとする様子もなかった。

燈火は、ミイさんの頭を指でなでる。

「ただ……」

燈火の口から嗚咽が漏れた。

崩れるように、再び声を揺らす。

「……寂しいよぉ……」

燈火は絞り出すようにつぶやいて、うつむいた。

九十九は隣に座って、燈火の肩をなでる。

そうやって、しばらく泣き続ける燈火のそばに寄り添った。

九十九も、ミイさんも。

3

ガタンッ、ゴトンッ。

マッチ箱のような路面電車が揺れた。

車窓をゆっくりと流れていく松山の街に、夕陽が射している。

建物に光が当たってまばゆい反面、できた影が濃く感じた。そのコントラストをながめていると、なんだか物寂しい気持ちになる。

「トマトっぽくない？」

「へ？」

隣に座った京の言葉に、九十九は両目を瞬かせた。

「今日の夕陽よ。でっかいトマトやろ。めっちゃ熟れてるやつ」

光の当たる景色を見ていた九十九とは対照的に、京は夕陽そのものを指していた。

「京らしいね」

大きなトマトと評された夕陽を確認して、九十九はクスリと笑った。

「食いしん坊みたいな言われ方された」

「食いしん坊じゃないかもしれないけど……でも、京っぽいよ」

「褒めてんの？」

「うん」

「じゃあ、あざーっす」

今日は講義の終わりが同じだったので、一緒に帰っている。京もアルバイトがあるので、こうやって電車にのるのは久しぶりだ。

あのあと、九十九は一頻り泣く燈火に付き添っていた。

講義後に、京から「うちら三人とも、前の黒板に俳句書かれたんよ。しょうがないけん、ゆづと種田は、お腹痛くてトイレ言ってますって言い訳しといたげたわ」と聞かされている。申し訳ないことをした。

燈火はすっきりしたのか、吹っ切れたのか、講義が終わった頃合いにアルバイトへ行ってしまった。化粧が全部落ちたので恥ずかしいとボヤいていたが、その表情はどこか清々しいものだった。

今後、浜中との関係はどうなるのだろう。

九十九は心配だったが、燈火から「なにかあったら、相談しても……いい？」と言ってもらえた。力になれるなら、喜んで協力したい。

それに、燈火はちゃんと自分の意見が言えたのだ。浜中から嫌がらせを受けても、今後はきっと相談してくれると信じている。

九十九にできることは、あまりないけれど……それでも、友達だから。

路面電車が大きなカーブを描いて曲がる。

道後公園駅を通り過ぎて、終点の道後温泉駅へと向かっていく。

「ねえ、京」

「なん？」

駅で降りる準備をしながら、九十九は京の名を呼んだ。

「話……あるんだけど、ちょっと歩かない？」

今日の燈火たちを見て、考えていたことがある。

九十九はこのままにはしておけないと思った。

「ええけど」

京は気軽に返事をしてくれた。鞄から定期券を取り出し、電車が停車すると同時に立ちあがる。

道後温泉駅は、路面電車の終着駅だ。乗客はみんな、ここで降りる。九十九たちも、流れにのって降車した。

駅に着き、九十九はとぼとぼと歩き出す。

京も黙ってついてきた。

道後公園へ、北口から入っていく。

先日、ミイさんが暴れて壊れた池や、倒れた木々は元通りだ。以前となんら変わりない、静かな雰囲気である。

木々には果実袋がたくさんついていた。ひかりの実イルミネーションが、もうすぐ点灯する時間だ。その代わりに、トマトみたいな夕陽が、家々が並ぶ街の向こう側へと沈んでいく。

「実はね。うちの旅館、神様がお客様なんだよね」

九十九は、なんでもない日常のように語りかけた。そのせいで、京はなにを言われたのか理解できていないみたいだ。怪訝そうに首を傾げている。

「〝お客様は神様です〟ってヤツぅ？　うちのバイト先でも、更衣室に貼っとるんよね。店側の心構えとしてはいいけど、神様面の客は好きくないわ」

真面目に一般論で返される。

ボケではない。だから、九十九には殊更おかしく感じた。京は怪訝そうな顔で「なに笑いよん？」と、問う。

「そうじゃなくて、本物の」

「本物の？」

「うん」

「神様って、天の神様？　お釈迦様とか？」

「お釈迦様は仏様だけど……でも、いらっしゃるよ」

九十九は会ったことがないが、湯築屋の宿泊名簿で見た。

「冗談きっつ」

「本気だよ？」

「嘘やん」

「ほんと」

にこっと笑うと、京の顔がどんどん神妙になっていく。思っていたよりも、反応が真面目で噴き出しそうだった。

「ずっと、黙っててごめん。それから、ありがとう」

やっぱり、京に隠したままにしておきたくなかった。

京は燈火や小夜子と違って、妖が見えたり、神気が使えたりするわけではない。でも、九十九の大事な友達には変わりなかった。

信じてもらえないかもしれない。

ううん、信じようがないと思う。

伊予灘（いよなだ）ものがたりで八幡浜（やわたはま）へ行った際、京は九十九に、無理して話さなくてもいいと言ってくれた。そのときは甘えてしまったけれど、九十九は今、京に打ち明けたい。

京にも、知ってもらいたかった。

九十九は、できるだけわかりやすく、京に湯築屋について話す。京は騒いだりせず、真剣な表情で聞いてくれた。ときどき、ついていけなくて呆然としているので、適宜解説を入れる。

「まさか、そこまでオカルト事情やって、思ってなかったんやけど……」

一通り話を聞いて、京はどう反応していいのか迷っている様子だった。

「信じなくてもいいよ」

「いや……さすがに、せっかく長年の秘密を打ち明けてもらえたと思ったら、作り話やったなんて信じたくないというか……もっと、マシな嘘つかん？　普通？」

「そうだよ。だから、嘘じゃないんだよ」

「前から、ゆづって変なとこあったけど……せいぜい、お父さんが白い犬とか、そんなところだと思ってたわ」

「携帯会社のＣＭじゃないからね⁉」

だんだん軽口に変わっていき、顔を見あわせて笑う。

「そっかぁ……こんな話だったら、たしかに言えんかぁ……うちは霊感ないし」

「霊感とは、ちょっと違うけどね」

「ねえねえ、ゆづは幽霊とかオバケ見えるの？　お札とかで、やっつけたりするん？」

「……ねえ、なんでみんなそういう想像するの⁉」

改めて、京は公園を歩きはじめる。

空が暗くなり、木々に吊るされた果実袋が光り出す。まるで、木の実が輝いているみたいで、幻想的な雰囲気だ。

「うちさぁ……すっごい秘密が知りたくて、何回かゆづの家に忍び込もうって計画したんやけど」

「え」

湯築屋の結界は、只人を寄せつけない。

宅配業者など、シロから許された目的がある場合以外は、そもそも湯築屋へ「行きたい」という気分にならないのだ。ちなみに、業者には幻覚を見せるので、普通の旅館だと思われている。

「そういう日に限って、なんか都合が悪くなって決行できんかったんよね」

「あー……それ、たぶん結界の効果かも」

京は目的を持って湯築屋へ入ろうとしたが、拒まれてしまったのだろう。しかし、「行きたい」と感じさせたということは、それぐらい京の思いが強かった証拠だ。

ようやく、話を全部呑み込んで京は、「そっかぁ……そっかぁ……」とつぶやいていた。

改めて、九十九の説明を受け止めなおしているのだと思う。

「まー……すっきりしたような、してないような……で、ゆづ君」

京は清々しい表情で肩を回したあと、九十九の腕にしがみつく。なにがなんでも離さないという気配を感じて、九十九は嫌な予感がした。

「うちが言いたいこと、わかるよね？」

「わ、わかりたくない！」

わかっているので、九十九は大慌てで拒絶した。

京が一番興味を持ちそうな話なんて……。

「彼氏、じゃなくて、そのイケメンでビューティフォーな神様旦那のお写真プリーズ！　今すぐ見せなさい！」

「そう来ると思ってたよ！　思ってたんだよね⁉」

予感的中。九十九は京から逃げようとするが、もう遅い。京にガッシリとホールドされたあとでは、抜け出せなかった。

「あるんやろ⁉　はよ出し！」

「ない！　ないんだってば！」

これぱっかりは本当だった。

シロの写真は一枚もない。

以前に一回だけスマホで撮ったけれども、あのときは天之御中主神が勝手に写り込んでいた。シロに見せたくないという思いで、九十九は写真を削除してしまったのだ。

だから、シロの写真は一枚もない。

そのことを、改めて思い出す。

忘れていたわけではないが、意識の外になっていた。九十九はシロの写真を一枚も持っていない。

また撮ろうかな……。

「嘘つけー！」

「ほんとですー！」

これについては、ちっとも京は信じてくれない。

九十九は腕を絡めて抱きついてくる京を引きずるように歩き、「今度撮るから～」と宥めるのだった。

終. 囁く愛、誓う唇

1

街にはクリスマスソングが流れ、いよいよ今年も終わるのだと実感する。

赤と緑に彩られた商店は、しばらくもしないうちに、どこもお正月へと模様替えをしていくだろう。

そうやって、季節は移り変わり、年が巡っていく。

つい最近、九十九は大学に入ったと思ったのに……もう年の瀬。

学生たちはすっかりクリスマス気分で、冬休みの計画を立てている。あまり長い休みではないが、浮き足立っていた。

「ゆ、湯築さん……冬休み、予定ある……?」

次の教室へ向かう途中、燈火がおもむろに聞いてきた。

同時に、教科書やノートが入ったトートバッグの口から、にょろりとミイさんも顔を出す。なんだかんだ、まだずっと一緒にいるようだ。燈火が嫌がっていないので、まあいいい。

か……。

燈火に浜中を「呪い殺そうか？」と問うミイさんには驚いた。今では気がかりでならない。

しかし、燈火はきちんと拒んでくれた。ミイさんからの問いに、正しい答えを返している——正しいかどうかは、九十九の基準だ。けれども、燈火がミイさんの提案を受け入れていたら、大変なことになっていた。

燈火の心は、今までの燈火ではいられない。

そんな確信があった。

道後公園での事件は、ミイさんの二面性が引き起こしたことだ。燈火に向けられた悪意と、九十九の力があわさった。荒々しいミイさんの側面が露出し、分裂してしまった。

ミイさんの中にある二面性は消えていない。

コインの表と裏のように、常に存在している。あのときだけが特別だったわけではない。

ミイさんは、自分の意思で黒にも、白にもなれる。

黒いミイさんは、いつだってそこにいるだろう。

あの問いは、その片鱗（へんりん）だ。

でも……燈火は大丈夫。根拠もなく、そう思えるのも事実だ。彼女は強くなった。正しい選択ができる人間だと思う。神様と一緒でも、こうやって、毎日を人間らしく過ごしている。

　本当にミイさんと結婚することになっても、きっと。

　九十九が心配しすぎなのだ。これは燈火とミイさんが決める問題なのに、つい気を回してしまう。

「うーん、お正月だからね。みなさま、自分の神社が忙しいみたい。海外のお客様は、いらっしゃるかもしれないかな」

　考えるのはやめよう。問題が起きれば、そのとき手助けできればいい。見守るというのは、存外、むずかしい。そう考えながら、九十九は燈火の質問に答えた。

「それは、忙しいってこと……？」

「ううん、いつも通りだよ」

　日本の神様の来客が減るので、繁忙期ではない。海外営業もしているが、やはり太いお客様は日本の神様なのだ。だいたい通常業務だった。

　九十九は両手を前に出してふってみせた。

「京がうちにお泊まりしに来る予定だよ。あと、小夜子ちゃんと将崇君って、高校の友達も一緒。よかったら、燈火ちゃんも来る？」

「え、いいの……？　あの宿に泊まれるの？　ミイさんも、いい？」

　京に湯築屋を見せる約束になっている。シロの許可もとりつけたので、せっかくなら燈火にも来てほしかった。

燈火は目をキラキラと輝かせたが、すぐにうつむいてしまう。

「でも、高校の友達が集まるんだよね……？　ボク、邪魔なんじゃないかな？」

「邪魔じゃないよ。むしろ、新鮮で楽しいと思う」

「だって、みんな仲いいんだよね？」

「燈火ちゃんも、仲いいよ。京とも、ちゃんとしゃべってるでしょ」

「麻生さんは、ほら……ボクはしゃべってもらってるんだよ。明るいから、誰にでも声かけていそう……光属性だよ、あの人……陽キャ……まぶしい」

「そんなことないよ。京は結構、相手を選り好みするんだから」

燈火はとにかく不安みたいで、挙動不審になる。九十九は落ち着いてほしくて、できるだけ優しく笑った。

「ボクは……ほら。湯築さんと、名前で呼びあったりとか……してないし」

燈火は声を窄めながら言った。

九十九は燈火を名前で呼ぶが、そういえば、逆はない。

名前かぁ……九十九は当日の面子を思い浮かべる。

京は「ゆづ」と愛称で呼んでくれるが、苗字由来だ。将崇はいつも「お前！」とか言っている。小夜子だけは「九十九ちゃん」だった。

案外、九十九は友達から名前で呼ばれていない。両親は、「つーちゃん」と呼んでくれるけれど。

「呼んでくれるの？」

だから、軽い気持ちで笑ってみた。

燈火が顔を真っ赤にしながら、九十九を見つめる。唇を震わせ、「あ、あ、あ、あ……」と、なにか言葉を発しようとしていた。

「つ……」

やがて、燈火は口を「つ」の形にする。

九十九は、ゆっくりと燈火の声を待った。

「九十九、さん……」

だんだん声を小さくしながら、燈火は九十九の名前を呼んだ。ちょっと堅苦しくて、他人行儀な気がするけど、まあいいか。

なんだか嬉しくなってきた。

「ありがとう」

「な、なんでお礼……」

「なんとなく」

「そ、そう……」

燈火は照れた様子で、服の袖をいじくっている。微笑ましいが、そのうち、こちらまで恥ずかしくなってきた。

しかし、やがて燈火の表情が硬くなっていく。

どうしたのだろう。燈火の視線の先を追った。

「あ……」

思わず声が出る。

向こうから、浜中が歩いてきていた。

あいかわらず、ブランド物で身なりを固めているが、今日は友人がいない。京の話だと、最近は一人でいることが多いらしい……先日の件で、居づらくなったのか、それとも、周りが避けているのか。

浜中も、こちらに気がつくが、露骨に目をあわせてくれなかった。

隣で、燈火が唇を噛んでいる。

それでも、目的地の関係で遠回りはできない。燈火はちびちびと歩みを進めていった。

浜中も、何事もないかのようにこちらへ向かってくる。

「おはよう……」

すれ違う瞬間、燈火がつぶやいた。

あいさつには、少し小さかったかもしれない。けれども、たぶん浜中には聞こえた。

九十九は驚くが、うつむいた燈火の顔は確認できない。

「……おはよう」

ややあって、すれ違った背中から、あいさつが返ってきた。

九十九は、あえてふり返らずに燈火と一緒に歩く。

この二人がわかりあうのはむずかしいと思う。

でも、お互いの気持ちをよく知るのも、この二人だけなのかもしれない。九十九には、そう感じてしまった。

二人はこれ以上近づかない平行線のままか。

それとも、どこかで再び交わるのか。

決めるのは九十九ではなかった。

燈火はこれから、たくさん選択をしていくと思う。九十九も、同じように選択をしてきた。誰だってそうなのだ。

今回は、その選択肢が増えただけ。

そう考えると、なんということはない気もした。

2

湯築屋の空には雪が舞う。

雲も風もないけれど、幻の雪には関係ない。冷たさを感じないし、固まったりしない。ふりすぎて入り口が塞がれることもなかった。実に都合がいい雪だ。

「若女将っ。お蜜柑です！」

そう言って、コマが橙に色づいた蜜柑を渡してくれる。

クリスマスのシーズン。湯築屋では毎年、蜜柑の皮を乾燥させて作ったオーナメントのツリーを飾っていた。

見栄えがいいので、周りに雪だるまもたくさん作っているところだ。すでに小さいものから、大きいものまで、いろんな雪だるまがあった。

雪が冷たくないので、素手でも寒くならない。これが本物なら、しもやけができているだろう。

「お蜜柑？」

「のせると、可愛いと思いまして」

コマは近くにあったバケツを引っくり返して、ピョンッと踏み台代わりに飛びのった。

そして、雪だるまに蜜柑を飾る。

「鏡餅みたいで、可愛いね」

白い雪の玉が二つ重なるうえに、蜜柑。

クリスマスというより、お正月のフォルムだった。

「あう……たしかに、そうですね……」

コマはしょぼんと尻尾をさげた。クリスマスの飾りをしていたので、お正月になってしまうのは本意ではないのだ。

「大丈夫だよ」

九十九は手早く、雪だるまの頭に雪を盛る。崩れないよう、ぎゅっぎゅっと固めて形を整えた。さらに、木の枝を使って顔を作っていく。

「わあ……！」

コマがピョンピョンッとその場で跳ね回る。

「耳に、お髭。あと、尻尾……ほら。狐の雪だるま」

こうすれば、鏡餅には見えないだろう。即興で思いついた工夫だが、コマは気に入ってくれたみたいだ。尻尾と一緒に、お尻まで揺れている。

「楽しそうだな」

コマとの雪だるま作りを楽しんでいると、玄関からシロが顔を出す。

「白夜命様も、作りますか？」

小さな雪だるまを並べながら、コマがシロに手招きする。

「それはよいが、コマ。八雲が探しておったぞ。心当たりがあるのではないか？」

「え！」

シロに聞かれて、コマはピンッと耳を立てて考える。やがて、「あー！　忘れていましたっ！」と叫びながら、玄関へと入っていった。

「もう、コマったら」

騒がしく戻っていくコマに、九十九は微笑ましさを覚える。

コマの代わりにシロが、九十九の隣にやってきた。

「シロ様も作るんですか？」

「うむ」

どうやら、雪だるまを手伝ってくれるようだ。冷たくない雪を一緒に集めて、大きな玉へと育てていく。

「九十九、うんと大きいのを作るぞ」

「はいはい。そうしましょうね」

存外、シロは張り切っている。コマと同じように、尻尾を左右に揺らしていた。ペタペタと、表面を叩いて雪を固める姿は、子供みたいだ。

楽しそうなシロの横顔に、神使だったころの面影が重なる。

神様になった今でも、ずっとシロの本質は変わっていない。

だからこそ、九十九の提案になかなか答えが出せないのだ。

そこも理解できるため、九十九は「答え」を聞きにくかった。また天之御中主神（あめのみなかぬしのかみ）から、笑われてしまいそうだ。

シロも、あえて触れたくないので話題にのぼらないよう、避けていると思う。


——あれを神の座から、降ろす力にもなるのではないかの？


天之御中主神は、どういうつもりであんなことを言ったのだろう。

夢の中では怒ったけれど、今度対面したら真意を聞いてみたい。

シロ様が、神様じゃなくなると……どうなっちゃうのかな。

「九十九、見るがよい。この曲線美」

「まんまるですね」

シロは誇らしげに雪玉を持ちあげる。背筋をピンと伸ばし、堂々とした立ち姿だ。持っているのが雪の玉というのは間抜けな気もするが、なんとなく絵面（えづら）がよかった。

「あ、そうだ……シロ様。ちょっといいですか？」

「むむ？」

九十九は、はたと気がついて玄関へ走る。そして、置いていたスマホを持ってきた。

「写真、撮りませんか？　前のは、上手く撮れていなかったので」

京に強請られたのもあるが、シロとの写真が一枚もないままなのは寂しい。雪だるまと一緒に記念撮影も悪くないだろう。

「よいぞ。儂の美しい姿を存分におさめるがいい」

「美しいって、自分で言いますかね……」

シロが美しいのは否定しないけれど、自分で言うものではない。あいかわらずのペースに、九十九は苦笑いした。

スマホを起動して、九十九はシロの隣に立つ。インカメに設定すると、画面に九十九とシロの姿が映った。

「じゃあ、撮りますよ？」

「おうとも」

声をかけると、シロは片手で雪玉を持ちあげる。そして、不意に九十九の肩を引き寄せた。

「ひゃっ」

期せずして密着し、九十九は変な声が出てしまった。

カシャッ。音がすると、撮影完了。

「なぬ⁉」

けれども、隣でシロが表情を歪めている。

持ちあげた雪玉が崩れてしまったのだ。固め方が足りなかったのか、片手で持ちあげたからか、はたまた両方か。

「ぐぬ……儂の力作が」

スマホで撮った写真を確認すると……崩れる瞬間が、ばっちり写っていた。びっくりして目を剥くシロ。恥ずかしさで顔が真っ赤の九十九。真っ二つに割れながら落ちていく雪玉。

うーん、なんとも言えない微妙な絵面……どうして、シロ。

「せっかくの……九十九とラブラブツーショットなのに……」

しょぼんと尻尾がさがる様は、さっきのコマとよく似ていた。自信作は壊れるし、写真は散々だし、落ち込みたい気持ちも、まあわかる。

「本気で落ち込まないでくださいよ」

九十九は機嫌をなおしていただこうと、シロの頭をなでてあげた。

シロは大人しく、九十九になでられている。

こうやって、日々を過ごしているだけで充分なのかもしれない。

でも、九十九はいずれいなくなる。

シロ様に、なにか残したい——そういう焦りがあった。

思念となって、巫女の夢に住む月子のように。九十九も、シロのためになにか残せるようになりたいのだ。

「ふむ……九十九になでられるのは、悪くないな」

シロは身を屈ませた。

頭をなでていた九十九の手をとり、甲に口づける。やわらかい唇が肌に触れると、ビリビリと身体中を電流が走っていく心地だ。

「…………！」

さらに、顔が近づいてきて、九十九はドキリと身を強ばらせる。

「シ、シロ様」

シロは九十九の頭に手を回し、首筋に顔を寄せた。

このまま、キスされちゃう⁉

九十九は思わず身構える。けれども、シロの唇は、九十九には触れなかった。

「九十九」

すりすりと、頬ずりするように、顔を寄せられる。くすぐったい。

「……甘えてるんですか？」

恥ずかしくて、どきどきする。でも、それ以上にシロが甘えているのだと気づくと、ちょっと突き放しにくい。

九十九はシロの白い髪を梳かす。

サラサラで、つやつやとした触り心地が気持ちいい。滑らかな指通りは、絹糸の束に触れるようだ。

中性的で神秘的な美しさなのに、肩幅や腕のたくましさは安心感がある。背中に手を回すと、改めてシロの身体の大きさを確認できた。

「正直なところ、九十九の言うとおりだと思っておる」

ぽつんと、シロは九十九の耳元で囁いた。

なにが、という主語がない。

それなのに、九十九にはなんの話かしっかりとわかった。

「聞かせていただけるんですか？」

天之御中主神と対話したほうがいい。このまま逃げていれば、ずっと遺恨を残す——シロだって、ちゃんとわかってくれていた。

「それは」

シロの腕が、九十九を強く抱きしめる。

しかし、これは愛しい妻を抱きしめているのではない。

苦しくて、苦しくて、しがみついている。わずかに震えるシロの腕から、九十九はそんな想いを感じとった。

「儂は――」

九十九は同じだけの強さを返そうと、シロをぎゅっと抱きしめる。

すると、シロの震えも少しだけおさまった。

「大丈夫ですよ。待ちますから」

言い聞かせるように、九十九はシロの肩に顔をつける。

「……九十九には、待たせてばかりだ」

「そうですよ。だから、いまさらじゃないですか。慣れてしまいましたよ」

シロが過去を話すまで、九十九はずいぶんと待った。

今度もまた、待たなければならない。

「でも、シロ様は話してくれました。今度もちゃんと答えをくださると信じています」

受け入れるにしても、受け入れないにしても、どちらにしてもシロはきちんと答えをくれる。

九十九はシロを信じたかった。

「わたしが生きている間には決めてくださいね」

シロにとっては、短い期限だろう。

しかし、九十九はめいっぱい待つ覚悟も必要だと感じた。

「そう長くは待たせたくない」

シロはいったん、九十九から身を剥がす。

体温が離れると、一時的に寒く感じる。

「口づけしてもよいか？」

顔を正面からのぞき込まれながら、許可を求められた。

九十九は顔が熱くなっていくのを自覚しながら、ゆっくりと一度うなずく。

シロの顔が徐々に近づいてくる。

顎に手を添えられて、逃げたくても逃げ場がなくなった。許可してしまったからには、いつものようにアッパーをかますこともできない。

琥珀色の瞳に、九十九だけが映っている。

ギュッと目を閉じた瞬間、唇にやわらかい感触。すぐには離れず、そのまま熱は留まり続ける。

たぶん、数秒のできごとだ。

それなのに、何時間もそうしていたような気がする。

「…………」

ようやくシロが離れたので、九十九は顔を両手で覆う。きっと真っ赤だから、あまり見られたくない。

「九十九、愛している」

追い打ちをかけるように囁かれた言葉に、心臓がフル稼働していた。このまま破裂して死んでしまわないか心配になる。

「わ、わたしも……はい……ありがとうございます」

同じ言葉を返そうとしたが、なかなか素直に口が動いてくれなかった。その様を楽しむように、シロは九十九の手首をつかんだ。

そっと顔を暴かれる。

「愛しているぞ」

もう一度、くり返される。

九十九にも、返事を求めているのだ。つかまれたままの右手が、顔へと戻りたがっている。

「あ……あい……あい……」

最初にすんなりと返事をしていたほうが、言いやすかったかもしれない。こういうのは勢いがあれば案外言える。

九十九は完全に、勢いを失っていた。

つかまれていない左手で必死に顔を隠すが、半分は見えてしまう。シロの顔が意地悪にニマニマしてきたのが腹立たしい。

「あいし……て……」

「若女将っ、白夜命様っ！　お待たせしました！」

ぴょこんっと、玄関から飛び出した声に、九十九はびっくりする。コマが八雲の用事を終えて戻ってきたと理解するときには、身体が動いていた。


勢いをつけてッ！

シロの右手を、払いのけるッッ！

「愛していますッッッ!!」


バコーンッッと、勢いよく右手が炸裂した。

とても大きな声まで出た。

完璧すぎる裏拳に、心も身体もすっきり気持ちがよくなってくる。

「は、激しすぎるッ！　九十九ぉ！　それは激しすぎるのではないか!?」

「言い方！　シロ様、すみません！　でも、言い方！　あああああ、ごめんなさい。ごめんなさい！　もう殴らないつもりだったのに！　勢いをつけすぎました！」

「何故（なにゆえ）、身体の勢いをつけてしまったのだ⁉」

「癖ですかね！」

「理解してしまった……」

半ば事故のような裏拳を決めてしまい、九十九は狼狽（ろうばい）する。

シロは顔を押さえながら、「いやしかし、これはこれでいつもの九十九だな……」などと、言っていた。

「お邪魔しましたっ！」

不意に妙な場面を目撃してしまったコマは、小さな手で顔を押さえた。あわあわと慌てた様子で、再び玄関へと戻っていく。

「あぁっ、コマ。待って。待って！　置いていかないで！」

このままシロといるのは気まずすぎるので、九十九も急いでコマを追いかけるのだった。

余．幸せになろうよ

1

湯築屋（ゆづきや）は、僕の居場所じゃない。

初めて湯築屋を訪れたとき、幸一（こういち）が最初に感じたことだ。

幸一という人間は、一般的な家庭環境に生まれた。変わったことと言えば、家がフレンチのレストランを営んでいるぐらいだ。クラスに、自営業の両親なんて一人か二人しかいなかった。でも、世間的にはそれだって、充分、普通だ。

当然のように家業を手伝ってフレンチを学んでいた。さすがに、外国への留学は金銭的にむずかしかったので、専門学校しか卒業していない。とくに誰かに反発することなく、幸一は厨房に立っていた。

流されるように生きてきたが、自分の意思でもある。

だから、これから先、周囲の反対を押し切ってまで、なにかを手に入れる未来がくるとは考えたことがなかった――。

——トキちゃん、結婚してください。

店の客だった登季子（ときこ）にプロポーズしたのが、運命の分かれ道だった。

——ごめんね、コウちゃん……でも、ありがとう……。

そうやって泣きながら登季子が明かした話は、あまりに非現実的で。受け入れる前に、頭が真っ白になっていた。

思えば、ここで「変な女だ」と、身を引くべきだったのかもしれない。

それなのに、幸一は……登季子を追いかけていた。

湯築屋に押し入って、結婚したいと頭をさげたのだ。

あのとき、幸一を庇ったのは登季子だけだった。誰もが幸一に冷たい視線を向けて、敵意を露わにしていた。

はっきりと、「余所者」だと態度で示された。

結局、シロには許されたが、周りが敵だらけなのは変わらなかった。誰一人、幸一を歓迎せず、受け入れようとせず……薙刀（なぎなた）で威嚇してきた碧（みどり）は、まだいいほうだ。ほとんどの者は、シロと結婚しなかった登季子を疎み、彼女が選んだ幸一を避けていた。

なによりも辛抱ならないのは、それを登季子が「自分のせいだ」と感じていたこと。明るいふりをしていても、自分を責め、ずっと後悔していた。

登季子をそんな気持ちにしてしまったのが、一番辛い。でも、「一人で背負わないで」とも言えない。登季子は、幸一からそんな話をされたくないのだと思う。

登季子を幸せにするどころか、不幸にしてしまったのではないか。

そんな疑念を抱きながら、湯築屋に居続けた。

ここは、幸一の居場所ではないのに。


「お父さん」

だから、九十九からの提案には驚いた。

「お母さんとの結婚式、やりたいの」

アフロディーテの結婚式でのサプライズ企画だ。

「お父さんとお母さん、結婚式してないって聞いたから……協力してくれる？」

問いかける九十九の顔を見ながら、幸一はこのとき初めて、自分たちが挙式していないのを思い出した。代用の儀式のようなものもない。ただ、役所に婚姻届を出して、幸一が婿になる手続きをしただけだ。

結婚式なんてできる雰囲気ではなかった。従業員は次々にやめていくし、幸一も厨房を守ろうと、必死で和食を勉強した。

九十九が生まれてからは……登季子が湯築屋にいない期間が増えた。

自分の子にすら負い目を感じて、窮屈な人生を送る登季子に、幸一がしてやれたことは少ない。

「お母さんには内緒にしたいんだけど。たぶん、言ったら逃げちゃうよね……？」

「そうだね……トキちゃんは、したくないって言うかもしれない」

なんとなく、わかる。

登季子は幸せになるのが怖いのだ。

長い間、湯築屋で守られてきた歴史も伝統も無視して壊してしまった。なのに、そこでつかんだ光から目を背けている。

幸せになる資格なんてない、と。

本当なら、活発で、自由奔放で、無邪気で……登季子はそういう本質の人間だ。こんなに抑圧されて、自分を責めているような性格ではない。

九十九とは打ち解けられるようになったが、彼女を縛る鎖が外れたわけではなかった。

「つーちゃんは、すごいね」

ポロリと、こぼれるように漏れた。

幸一が何年もできなかったことを、九十九はやろうと言ってくれている。

嬉しいはずなのに――どうして、自分がやってあげられなかったのだろうと考えた。

「お父さん？」

幸一は、九十九を両手で抱きしめていた。背中に手を回すと、着物の帯に触れる。あまりきつく抱きしめると、苦しいだろう。幸一は、娘の頭を包み込むように手を回し、額をあわせる。

「つーちゃん――」

言葉が詰まって、それ以上は続かなかった。

「上手く行くといいんだけど……」

九十九は照れくさそうに、幸一の腕の中で笑う。

2

九十九のサプライズ企画は着々と進行していた。

幸一はその様子を見守るだけだ。料理やケーキ、衣装などは相談しながら決めていく。

本当は、ウェディングドレスや料理は、幸一と登季子が選ぶものだろう。しかし、今回は幸一の意向と、九十九の直感を重視するしかない。

実際にドレスを着る登季子を想像したら、胸がこそばゆい。早く本人を見たいと思った。

登季子は年齢を重ねても綺麗だ。大人の色気と、しっとりとした魅力を備えつつ、昔みたいな可憐さや無邪気さもある。

魅力的な女性になった。

幸一には、もったいないくらい。

「あ！　幸一様、幸一様っ」

冬の景色を装う湯築屋の庭で、ぴょこぴょこと跳ねる影。

コマが幸一に向かって手をふっていた。動きにあわせて、お尻と尻尾が左右に揺れている。たぶん、無自覚だろう。

「どうしたんだい、コマ？」

幸一は笑いながら、縁側に膝をつく。すると、仲居さんの格好をした子狐は、トコトコッと駆け寄ってくる。歩幅が狭くて小さな足跡が、幻の雪に残った。

「あのっ、お聞きしてもよろしいですか？」

コマは両手をパタパタと上下させながら、背伸びをした。

「雪を作りたいんです」

「雪を？」

問うと、コマはコクコクとうなずく。

「シロ様の幻影みたいな術、とかじゃないよね？」

一応確認すると、コマは困った様子で「うーん……うーん……そうじゃないんです」と、うなる。そもそも、神気の力がまったくない幸一に、幻術の類を相談されたって仕方がない。

「甘くて……かき氷じゃなくって……プレゼントできるものがいいんです」

「雪みたいなお菓子を作りたいってこと？」

「そう。そうですっ！　お菓子がいいですね！」

コマにもしっかりとした想像ができていなかったみたいだ。幸一と会話するうちに、イメージを固めていく。

幸一は、縁側から足をおろすように腰かけた。

コマも、隣にピョコンッと座る。

「名前そのままだと、スノーボールっていうのがあるよ。まんまるのクッキーなんだけど、サクサクに焼くのがポイントだね。僕はホロホロって、崩れる食感にしたい」

「まんまるなのに、ホロホロですか！　美味しそうですぅ」

「うん。ドイツのほうだと、シュネーバルってお菓子もあってね。平べったい生地を野球ボールみたいに丸めて、油で揚げるんだ。こっちも面白いよ」

「博識ですっ！」

幸一がお菓子の例をあげると、コマはそのたびに小さな両手を叩いてくれた。昔はフレンチのレストランをしていて、洋菓子も一通り学んだのだ。

実家には……もうずっと帰っていない。

家業は継がなくていいと、両親も言ってくれた。けれども、湯築屋については、口外を禁止されている。幸一は普通の旅館に婿入りしたという嘘をついていた。

湯築屋はいい宿だ。両親も歳だし、できれば泊めてあげたい。

口外を禁止したのは先代の巫女である湯築千鶴(ちづる)だ。すでに亡くなっており、以前のように幸一を受け入れない従業員もいなくなってしまった。幸一も湯築屋に住んで長い——もう、秘密のままにする必要はないかもしれない。

でも、幸一は余所者だ。

わがままを通す気にはなれなかった。

「見た目だったら、琥珀糖が氷みたいで綺麗だと思うよ。寒天で作るから、外はカリカリで、中は固めのゼリーって感じだね」

「それもいいですねっ!?」

「あと、マシュマロはふわふわしてて、雪みたいだと思う。フルーツ味で、もっちりしたギモーヴもいいんじゃないかな」

「うう……お腹が空いてきました」

コマは頬に手を当てながら身体を左右によじった。すると、いいタイミングでお腹が、ぐぅと鳴る。

ポッと、コマが恥ずかしそうに頬を赤くした。

「厨房に、大福の下準備をしてあるよ」

ふふっと笑うと、コマがパァッと表情を明るくする。

「いちごもあるんだ」

「い、いちごまで！　それは……いちご大福ができてしまうんですねっ!?」

コマが尻尾を左右にふっている。

幸一は人差し指を立てて、しーっとウインクした。

「内緒だよ」

「はいっ！　あ、しーっ……」

コマは元気よく返事をしたあとに、口を押さえる。

「そういえば、雪は将崇君にあげるの？」

「はいっ。今日も師匠に拍手をしていたら、いきなり、『あんまり褒めると、雪玉をくれてやるんだからなっ！』とおっしゃられたので……うちも、雪をお返ししたほうがいいと思いまして」

コマが雪を贈りたかった理由を聞いて、幸一は思わず噴き出してしまう。たぶん、将崇のほうは、そういう意味ではない。いつもの素直じゃない態度——九十九の言い方になおすと、「無駄ツンデレ」というやつだろう。

「大福を食べたら、雪を作ろう。レシピ本もあるから、どれがいいか選ぶといいよ」

「ありがとうございますっ！　幸一様は、本当にお優しいです」

コマが両手をあげて、立ちあがる。わーい、わーい！　と、嬉しそうだ。

そういえば……コマは幸一が湯築屋へ来る前から働いていた。

今まで、あまり気にしていなかったのに、急に意識下へと疑問が浮上する。

「コマは……僕を嫌いにならなかったの？」

突然、変なことを聞いてしまった。口にしたあと、「やっぱり、聞かないほうがよかったかな」と、後悔してくる。

コマは、幸一の問いに首を傾げた。

「どうしてです？」

突然の質問でびっくりしたというよりは、思いもしなかった内容だったみたいだ。

「杏子さんみたいに、出ていってもよかったんじゃないかなって……」

高浜杏子は湯築屋につとめていた従業員だ。セーラー服姿をした女子高生の幽霊である。

彼女も、登季子と幸一の結婚が原因で湯築屋を離れてしまったのだ。

未練を晴らした杏子は、昨年、黄泉へ旅立つ前に湯築屋を訪れてくれた。

最後の別れを言いに。

けれども、やはり――。

「僕は湯築の人間じゃないから」

いつものように、笑顔が作れなかった。

鏡を見たくない。

登季子は、幸一を春風みたいに優しいと言ってくれる。顔を見ると、いつもほっとする。優しい笑みだ、と。

だから、いつだって笑顔でいようと思った。登季子が湯築屋へ帰ってきたときに、安心してもらえるように。

どんなに従業員から疎まれたって、気にしないふりをしてきた。厨房の人間が全員辞職して、幸一しかいなくなったときも。杏子をはじめとした古い仲居がみんないなくなったときも。

気にせず、ずっと笑顔を守ってきた。

なのに、どうしてここへきて、崩れてしまうのだろう。

「うちは幸一様が大好きですよ」

笑えていない幸一を見あげるコマの表情は、明るいままだった。

「お料理、とても美味しいです。それに、すごくお優しいです！」

こんなにも無垢に返されてしまうと、拍子抜けする。幸一は口を半開きにしたまま、ぽうっとコマを見おろした。

「うちだって、湯築屋とは関係ない狐です。白夜命(びゃくやのみこと)様に拾っていただいたご恩で働いてるんです。こんな駄目駄目なうちでも、いいって言ってくださったんです。だから、同じようなものですよっ」

コマは、ぽんぽんっと自分の胸を叩いた。

だが、すぐにハッとした表情を作る。

「あれ……もしかして、うち、幸一様の先輩でしたか？」

その様子がおかしくて、幸一の顔に自然と笑みが戻った。

「そうかもしれないね。ついでに、将崇(まさたか)君はコマの師匠だけど、後輩だよ」

「うわわ……どうしましょう！　うち、先輩でした！　なのに、全然お仕事できなくて……うう……」

「大丈夫。コマはいい仲居さんだよ」

考えてみれば、いまさらだ。幸一が受け入れられないなら、コマもとっくに湯築屋を離れているだろう。

幸一は、コマの頭をそっとなでた。コマは嬉しそうに目を細めて、尻尾を左右にふっている。

「じゃあ、大福食べようか」

「はいっ！」

厨房へ歩きながら、幸一は目を伏せる。

九十九から結婚式を提案されたとき、本当は「ありがとう」と伝えるべきだった。なのに、あれ以上、言葉が出てこなかったのだ。

結婚式をしてあげれば、登季子も楽になる。登季子が心から笑う姿を見たかった。

しかし、幸一は余所者だ。

登季子の幸せを奪っておいて、結婚式なんて——そう思うと、九十九に「ありがとう」と言えなかった。

そこに幸一は相応しくないと、感じてしまったから。

でも、杞憂かもしれない。

幸一にとって、湯築屋はもう自身の一部だ。死ぬまで、ここで働くつもりでいる。登季子だって、正式に結婚した妻だ。

だったら……もう湯築屋にとっても、同じなのではないか。

幸一はすでに部外者ではなく、湯築屋の一部となっている。そう考えたって、いいのではないか。

登季子のことは言えない。

幸一も、勝手な負い目で居場所を狭めているのかもしれなかった。少なくとも、そう思ったほうが心は楽だ。

結婚式は、がんばろう。

登季子に喜んでもらえるように、美味しい料理を用意する。自分の式の料理を作るなんて、ちょっと変かもしれないけれど。

それから、九十九にもきちんと伝えたい。

ありがとう、って。

◆この作品はフィクションです。
実在の人物、団体などには一切関係ありません。

双葉文庫

た-50-08

道後温泉　湯築屋❽
神様のお宿で誓いの口づけをします

2021年11月14日　第1刷発行

【著者】
田井ノエル

【発行者】
箕浦克史
【発行所】
株式会社双葉社
〒162-8540 東京都新宿区東五軒町3番28号
［電話］03-5261-4818(営業部)　03-5261-4833(編集部)
www.futabasha.co.jp(双葉社の書籍・コミックが買えます)
【印刷所】
中央精版印刷株式会社
【製本所】
中央精版印刷株式会社

【フォーマット・デザイン】
日下潤一

ISBN978-4-575-52517-5 C0193
Printed in Japan

FUTABA BUNKO

出雲のあやかしホテルに就職します

硝子町玻璃

Garasumachi Hari

女子大生の時町見初は、幼い頃から『あやかし』や『幽霊』が見える特殊な力を持っていた。誰にも言えない力を抱え、苦悩することも多かった彼女だが、現在最も頭を悩ましている問題は、自身の就職活動だった。受けれども受けれども、面接は連戦連敗。まさに、お先真っ黒。しかしそんな時、大学の就職支援センターが、ある求人票を見初に紹介する。それは幽霊が出るとの噂が絶えない、出雲の曰くつきホテルの求人で——。『妖怪』や『神様』たちが泊まりにくる出雲のホテルを舞台にした、笑って泣けるあやかしドラマ!!

発行・株式会社　双葉社